訪問者

恩田 陸

祥伝社文庫

目次

目次

第一幕　せいめいのれきし

来客を告げるベルが鳴った。

そのくぐもった音を合図に、ドアの向こうから誰かが近づいてくるのが分かる。

井上唯之《いのうえただゆき》は背筋を伸ばし、ドアが開くのを待つ。

緊張の一瞬だ。そして、とにかく最初の印象が肝心だ。

後ろではカメラマンの長田《ながた》が控えている。身体《からだ》は大きいのに身のこなしは柔らかく、辛《しん》抱《ぼう》強く控えめで被写体にプレッシャーを与えないので、心強い相棒である。

井上は、自分のもっさりした容姿が、特に年寄りには警戒心を持たせない自信があった。唯一若い女性にだけは受けないのだが、このどことなく人好きするらしい容姿には随《ずい》分《ぶん》仕事をするのに助けられている。

よし。彼はすうっと息を吸い込んだ。

がちゃ、と鈍《にぶ》い音がしてドアが開く。

と、何か小さい影が彼の脇腹を突き飛ばして中に飛び込んでいったので、井上は面くらった。小さな疾風《しっぷう》。

子供だ。

ひょろっと痩《や》せた女の子。車寄せの近くにある山茶花《さざんか》の茂みの陰から飛び出してきたらしく、頭に花びらが一枚くっついていた。しかも、更に彼女の足元には黒い小さな猫が続いている。

中から顔を出した小柄な中年女性が、井上の顔を見てすぐに視線を彼女と猫に移し、きびきびした声で叱責《しっせき》した。

「愛華《あいか》ちゃん、お行儀《ぎょうぎ》が悪いですよ。お客様を押しのけて。『ごめんなさい』は？」

「えっ」

少女は言われて初めて気付いたように井上を見上げた。実際、彼女にしてみれば、凄《すご》い勢いで走ってきて目の前の扉が開いたのですかさず駆け込んだ、という状態だったらしい。

十歳くらいか。いわゆる美少女とは言いがたい。肩までの髪は、こめかみのところで分けておでこに銀色のピンで留《と》めてある。そのピンを見て「おや」と思った。

このピン、懐《なつ》かしいな。今また流行《はや》っているのか。俺が子供の頃は、「ぱっちんどめ」と言っていたような気がする。

小さい顔に、鉛筆で走り書きしたような眉毛がすっと伸びている。目は一重《ひとえ》で細く、色白の頬《ほお》はそばかすだらけで、つんと上を向いた鼻を含め全体の顔の雰囲気がなんだか日本人ぽくなかった。しかし、その目には強い好奇心と利発さが表れていて、ファニーフェイスとでも言うのか、ある種の魅力がある。

少女は一瞬ぼんやりした表情になると、やがてハッとしたように振り返り、それからおどおどした様子で井上を見上げ、くんくんと鼻を鳴らすとぼそりと呟《つぶや》いた。

「おじさん、お星様の匂いがする」

「え？」

井上は少女の言葉が聞き取れず思わず彼女の顔を覗《のぞ》き込んだ。

おほしさま？　おほしさまと聞こえたんだが？

少女は「ごめんなさい」と小さく頭を下げ、パッと家の中に駆け込んで見えなくなった。

「子供が失礼いたしました。あの？」

中年女性は頭を下げつつも探《さぐ》るような目で井上を見た。

「本日三時にお約束いただいておりました井上です」

丁寧《ていねい》に述べると「ああ」と女の口が動いた。

「週刊Kの方ですね？　伺《うかが》っております。どうぞお入りください。皆さん、奥でお待ちですよ」

モスグリーンのエプロンをしている女は、どうやら彼らの家政婦兼ヘルパーであるらしい。五十歳くらいか。いや、もっといっているかも。きびきびとした動きで先に立って歩き出すと、井上と長田を中に案内した。

井上は喉《のど》の奥で聞こえぬようにゴクリと唾《つば》を呑《の》みこむ。

さあ、行くぞ。


多少の緊張感とはにかみを見せたほうがいいことを経験上学んでいた。

立て板に水タイプのセールスマンが敬遠されるのと同じ理屈だ。トップセールスマンと呼ばれる人には、意外と「なぜこんな人が」と思うような地味で朴訥《ぼくとつ》なタイプが多い。客がセールスマンに求めるのは「この人なら騙《だま》さない」「この人なら無理に売り付けない」という安心感なのだ。

井上は計算した表情を浮かべながら部屋の中に入っていった。時間を取らせることを恐縮しているふり、ちょっと不器用なふり、だが腹を割って話してみたらいい人みたいに見えるふり。

それはどうやら成功したらしい。

廊下の奥の部屋は、やや薄暗いと感じたものの、なかなか居心地《いごこち》がよく趣味も悪くなかった。

高い天井は半円形のドーム形とでもいうのか中央の一点に集まって屋根が傾斜しており、ペンダント風の照明が柔らかな明るさで白い天井に反射して部屋全体を照らしている。

床の寄木《よせぎ》細工は飴《あめ》色に馴染《なじ》み、キャラメル色の絨毯《じゅうたん》も床の一部のよう。

そしてそこに、静物画のように溶け込んでいる四人の男の姿があった。

老人と言ってもいい年齢と見受けられるが、皆、表情も眼光もくっきりとして、まだ誰かの手を必要としているようには思えない。

四人は、有名雑誌の記者が来るというので過分に緊張し、身構えていたが、彼の姿を見ると、明らかに何割かは緊張を解《と》いたのである。

なんだなんだ、雑誌記者というとホラあれだろ、隙《すき》を見せればがぶりと齧《かじ》りつき、しつこく粘ってあることないこと引き出してしまう狡猾《こうかつ》そうな男かと思えば、こいつを見ろよ、やってきたのは結構御《ぎょ》しやすそうなおっとりした男じゃないか。

井上は彼らの心の中の台詞《せりふ》が聞こえたような気すらした。

いける。彼はこっそり心の中で呟いた。

「はじめまして、週刊Kの井上と申します。こちらはカメラマンの長田です。本日はお寛《くつろ》ぎのところ、お時間をいただきまして本当にありがとうございます。なにとぞ宜《よろ》しくお願い申し上げます」

井上は些《いささ》か慇懃《いんぎん》すぎると思われるほど深くきっちり頭を下げ、四人に名刺を配り、案内してくれた女性にも名刺を渡した。

おやまあ、ご丁寧に、いいんだよ、俺たちゃ時間余ってんだから、むしろこっちのほうが感謝したいくらいさ。

老人たちの間にそんな囁《ささや》きが漏《も》れる。ますます彼の狙いは当たったようだ。

「彼は後ろで皆さんの写真を撮りますが、こちらで構図を決めますのでどうぞお楽になさっていてください」

床にカメラと機材を下ろした長田が老人たちに向かってニコッと微笑《ほほえ》み、会釈《えしゃく》した。これもまた、無口だけどいい男だと思わせる感じのよい笑みである。

写真だってよ、照れるな、よその人に写真撮ってもらうなんていつ以来かね。

再び老人たちの間に囁かれる、華《はな》やいだ呟きに井上は満足した。

「ここまでは寒かったでしょう。お二人とも、歩いていらしたようですしね。今温かいものを淹れますね。コーヒー？　お紅茶？　それとも緑茶になさいますか？」

名刺の効果は、にこやかな家政婦の表情にも表れていた。普段黒子に徹し名刺を交換することなどないこういう職業の人は、雇い主と同等に扱われることを喜ぶものだ。

「ありがとうございます。コーヒーをください」

そう答えつつ、井上はギクリとした。

お二人とも、歩いていらしたようですしね。くっきりと彼女の言葉が脳裏《のうり》に蘇《よみがえ》る。

この家政婦は、我々の姿を遠くから見ていたのか？

「よく分かりましたね、坂を歩いて登ってきたことが」

井上は素直な驚きを声に滲《にじ》ませながらさりげなく尋《たず》ねた。まさか見られた？

「ええ、車の音が聞こえませんでしたしね。車寄せの前でタクシーがドアを閉めるばたんという音って、結構ここいらでは響くもんなんです。それに、あなたの靴」

「え？」

井上は家政婦の視線を追って、自分の足元を見た。今はスリッパだが。

「底に泥が付いてましたからね。今朝《けさ》二時間ほど雨が降ったんですけど、雨が降るとあの坂の途中は、かつて池を潰《つぶ》したせいか、必ず水が溜《た》まってぬかるみになるところが一箇所だけあるんですよ。他のところはすぐに乾いてしまうのに不思議でね。さっき玄関で靴に泥が付いていたので、ああ、丘のふもとから坂を登ってらしたんだと」

井上はひやりとした。この女、油断できないぞ。おそらく、よく気が付くかなり有能な家政婦に違いない。気を付けなければ。

「サラさん、僕にもコーヒー」

「私はミルクティーだ」

「俺も」

「私には緑茶を。あと、愛華にはココアでも出してやってくれ」

わいわいと老人たちが声を掛ける。見ると、さっきの少女は老人たちの椅子《いす》の後ろで、絨毯の上に座り込んで猫を膝《ひざ》に抱き、ぱらぱらと絵本を眺《なが》めている。

サラさん？　苗字《みようじ》なのだろうか、名前なのだろうか。変わった名前だ。

なんとなく家政婦を見ると、彼女は出しなに井上を振り返り、小さく笑った。

「更科《さらしな》と申します。お蕎麦《そば》屋さんにありますよね」

勘もいい。やっぱりこの女は要注意だ。

彼女が部屋のドアを閉める音を背中で聞きながら、井上は気持ちを引き締めた。

老人たちは、興奮しているらしく、はしゃいだ声でお喋《しやべ》りをしていた。それも、井上のことを意識していることが窺《うかが》えたし、これからの数時間は自分たちが主役だという高揚がある。雰囲気的に、お茶が配られるまでは本題に入りにくかった。

井上はなんとなく部屋の中をぶらぶらした。長田はてきぱきと機材を組み立てている。こういう時、カメラマンはいじるものがあっていい。

立派な家だ。古いけれども、贅《ぜい》を尽くしてある。材料がいいので、年数を経《へ》てもみすぼらしくならない。あの朝霞千沙子《あさかちさこ》が建てたのだから、当然かもしれないが。

井上は、部屋に入った時には余裕がなかったので、ゆっくり部屋の中を見回してみた。

この部屋はサロンというところか。かなりの広さがあり、ソファやコーヒーテーブル、マガジンラックやサイドボード、旧式のオーディオなどがゆったり置かれていた。

二面が窓になっていて、開放感がある。

ふと、井上は窓の外に目をやった。なるほど、ここからは湖が一望できるんだな。

「あれが例の湖さ」

井上に向かって、一番近くにいた老人が内緒話でもするように身を乗り出し声を掛けた。

「例の、というと」

「あそこで、朝霞千沙子が溺《おぼ》れ死んだんだ――ある寒い冬の朝にね」

あそこで、朝霞千沙子が。ふっと湖面に浮かぶ白いボートが見えたような気がした。

「そうですか。事故死だとは聞いていましたが、ここだとは知りませんでした。確か、三年くらい前でしたよね」

「事故死とは限らないだろうよ。世間的にはそういうことになってるがね」

老人は喉の奥でひきつるような笑い声を立てた。

「ええと、あなたは」

井上は老人の顔を見た。

高齢だが、なかなかバタ臭いハンサムな顔をしている。黒いタートルネックのセーターが似合っていた。朝霞千沙子と呼び捨てにするところからして、多分この男は。

「俺は宮脇協一郎《みやわききよういちろう》。朝霞千恵子《ちえこ》の旦那さ」

なるほど、千沙子の妹の夫か。

「おい、協ちゃん、もう自己紹介か。相変わらずせっかちだな。お茶が来てからでいいじゃないか」

隣の男がこそこそ話している二人に気付いて大声を出した。さっきから声が大きいなと思っていたこの男は誰だろう。千沙子の弟の一人であることは確かだが。四人の中では恰幅《かっぷく》がよく、黒の太い縁《ふち》の眼鏡《めがね》が、かつて一世を風靡《ふうび》したTV司会者を連想させた。目は細く、いつも笑っているように見える。

「自己紹介じゃないよ。あの湖で朝霞千沙子が死んだと説明していたところさ」

「チサ姉《ねえ》の話はやめてくれよ。今日は峠昌彦《とうげまさひこ》の話をしに来てるんだろう?」

「昌彦の話をするからには、朝霞千沙子の話は避けられないだろうが」

「僕はごめんだねえ。姉貴のせいで、僕たち未《いま》だにこんな田舎《いなか》に縛《しば》りつけられてるんだぜ?　協ちゃんだって同じ穴のむじなじゃねえか」

「俺は千恵子に頼まれたから来てやってるだけだもの」

「へえ。そうだったのかい。初耳だな」

「大おばちゃま、さっき見たよ」

突然、子供の澄んだ高い声が部屋に響いた。

みんなが一斉に声のしたほうを向く。

アイカと呼ばれていた少女が、いつのまにかきらきらした好奇心に満ちた目でこちらを見ていた。

「さっき見た？　さっき見たってのは？　愛華、大おばちゃまって誰だか本当に分かってるのか？」

恰幅のいい男が鼻白んだ表情で尋ねた。

少女はこっくりと頷《うなず》く。

「大おばちゃまは、大おばちゃまでしょう。あの、髪を後ろでお団子《だんご》に結《ゆ》った、大きな。あそこの写真と同じ人」

少女ははきはきと言いながら、サイドボードの上に置かれた写真立ての中の、中央に座っている女を指差した。

部屋の中がしんと静まり返る。

「――あの写真と同じ人を？　さ、さっき、み、見たって？」

井上から一番遠くに座っていた老人が口を開いた。彼はさっきからほとんど口をきいていなかった。灰色の髭《ひげ》を蓄《たくわ》え、細い目は感情を読み取られることを拒絶しているように見える。いかにも無口で気難しそうな老人だった。が、声は意外と穏《おだ》やかで若々しかった。

「そう。オセロと湖のそばで遊んでたら、遠くに立ってたの。あれと同じ服を着てたよ」

相変わらず少女の声は凜《りん》として全く迷いがない。

「あれと同じ服？　ばかな。あの服は、一緒に処分したはず」

気難しそうな老人の隣にいた、真面目《まじめ》そうでやや線の細い感じの老人がぶるっと少し身体を震わせながら口を挟んだ。その口調に、生来《せいらい》の神経質なところが滲んでいた。声はカサカサしていて、何かの拍子に癇癪《かんしゃく》を起こしそうな気がした。

「愛華、さっきって今日のことだぞ。本当にさっきか？」

協一郎が念を押すように尋ねた。

少女は、みんながあまりにも懐疑的なのでだんだん不安そうな顔になってくる。

「うん。さっきだよ。ここに来る前。大おばちゃまを見たから、一生懸命走ってみんなに知らせようと思ったら、玄関のところでこのおじさんにぶつかったの」

部屋の中に、再び冷たい沈黙が降りた。

それまでのはしゃいだ空気に、冷水を浴びせ掛けたかのようだった。

四人の老人に、困惑の表情が浮かんでいて、誰かが何かを言い出すのを待っている。

「は。はは。全く、愛華はいつもぽやんとしていて、夢みたいな話ばかりしてるからな黒縁眼鏡の老人がわざとらしく乾いた笑い声を立てた。

「そうだな。この年だと、夢と現実がごっちゃになるのはよくあることだ。俺だって、これくらいの時は、自分にしか見えないお友達がいたもんさ」

畳みかけるように黒いタートルネックの男が同意する。

少女は何か言おうと口を開いたが、老人たちはもはや少女の言葉に耳を貸す気配はなかった。彼女は暫《しばら》く不満そうにしていたが、やがてあきらめたように絵本に戻った。猫が少女の赤いハイソックスに顔をすりつける。

朝霞千沙子を湖で見た。

少女の言葉は何を示しているのだろう。文字通りならば、それは幽霊ということになる。それとも、彼らの言うように、少女期の空想、もしくは単なる見間違いなのだろうか。

井上は、さっき玄関で少女が見せた、ぼんやりとした表情を思い浮かべていた。

「愛華、その時大おばちゃまはどこにいた?」

戻りかけた空気を、髭の老人がさりげなく破った。

他の三人がぴくりと反応するのが分かる。愛華は、自分の話をまともに受け取られたことが嬉《うれ》しいのか、跳《は》ね起きるように立ち上がると、彼の腕を取って窓の外を指差した。

「あっち。桜の木が二本並んでるところがあるよね。あの間」

「ふうん。で、何か言ってたか?」

「ううん。ぼうっと湖のほうを見てた」

「なるほど。そのあとどこに行った?」

「わかんない。大おばちゃまだ、大おばちゃまだ、みんなに知らせなくちゃって走ってきたから」

　老人は相変わらず無表情のまま、じっと窓の外を見つめていた。何を考えているのか全く分からない。だが、思ったよりも頑固ではないのかもしれない、と井上は思った。

　他の三人は、気付かないふりをしつつも二人の会話に耳を澄ましていた。

　更科が大きなお盆を持って中に入ってくる。井上はドアを押さえてやった。

　と、するりともう一人、小柄で派手ななりをした老女が入ってきた。井上や長田をチラチラ露骨に見ながら何かを探しているような様子で部屋に入ってくる。

「ちょっとお邪魔しますよ。あなた、あたしのラジオを見なかった? ごめんなさいね、もうやんなっちまう、しょっちゅうどこかに置き忘れるんだから」

　四人の老人にちらっと煙ったそうな表情が浮かんだ。

「ごめんなさいね、ちょっと探させてくださいね。ええと、どこだったかしらねえ。最近のラジオはちっちゃくて軽いのはいいんだけど、すぐに見えなくなるからねえ」

「おまえはここにはラジオを持ち込んでないよ。皆さんの顔が見えるのにラジオなんか聴いてるのは失礼だっていつも言ってたじゃないか」

協一郎がかすかに苛立《いらだ》ちを覗かせて答える。ということは、この女は朝霞千恵子。どうやら彼女は、このお茶会に参加したいらしい。そして、他の四人はあまり彼女を加えたくないらしい。自分たちが主役になれるせっかくのお楽しみを分かち合う人数が増えるのが嫌なのだ。

しかし、彼女のほうが役者は一枚上だった。

「そんなこと言ったかしら——あら、いい匂いねえ。これ、高部《たかべ》さんのところからいただいた宇治《うじ》茶でしょう？　ね？　更科さん、当たったでしょう？　不思議ねえ、歳《とし》取ると鼻ばっかり敏感になっちゃって。あたしもお茶いただいていいかしら？　なんだかラジオを探して歩き回ったらくたびれちゃった」

老人たちがいまいましげに顔を見合わせるのを素知らぬふりで、ちゃっかりソファに座り込む。

「はいはい」

更科は慣れた様子で、みんなにお茶を配り終えるとさっと部屋を出て行った。

「あら。こちら、どなた？　誰かのお友達？」

老女は髪に手をやりながら井上に流し目を送った。顔立ちは悪くない。昔は容色華やかだったのだろう。

「ちっ、しらじらしい。朝っから俺たちの取材に興味津々《しんしん》で、俺たちの周《まわ》りをうろちょろしてたくせによ」

「えっ、取材？　何の取材なの？」

　老女はわざとらしく目をしばたたいてみせた。

「ご挨拶《あいさつ》が遅れました。私、週刊Kの井上です。本日は、峠昌彦さんについての取材に伺いました」

　この辺りで名刺を渡す。こちらとしては、千恵子に加わってもらうのは好都合だった。いずれ、何かのきっかけで引きずり出すつもりだったのだ。

「まあ、昌彦の。かわいそうよねえ、あの子も。せっかく、これからって時だったのにあんなふうに突然」

　老女は大仰《おおぎょう》に首を振ってみせた。

「ええ。私も、個人的に興味を持っていましたし、何度か親しくお話しさせていただいていたんで、今回は週刊誌の追悼記事ですけれども、いずれは一冊の本にまとめたいと思っているんです。ですので、どんな小さなことでもお話しいただければありがたいですね。もしかするとかなりお時間をいただいてしまうかもしれないのですが、皆さんのご都合は大丈夫ですか？」

井上は精一杯の誠意と、時間を拝借することに恐縮する表情を作り、老人たちの顔を見回した。が、彼らがこんな申し出を断るはずがないことはじゅうじゅう承知だった。

なにしろ、こんな田舎で顔を突き合わせている年寄りだ。退屈しているに決まっている。自分の訪問が彼らにとっての一大イベントであり、彼らが何日も前からこのことを飽《あ》きもせず繰り返し話題にしていたことは首を賭《か》けてもいいくらい確かだった。

「俺は、ちょっと、フランス語の勉強を一回休むことになるけど、構わないよ」

協一郎が鷹揚《おうよう》に答えた。

「僕も、同窓会の名簿作りがあるんだが、今日くらいはサボっても間に合う」

黒縁眼鏡の男も負けじと答える。

「今頃は日が沈むのも早いし、山道は危険だわ。なんでしたら、泊まっていただいたら? あとから思い出すこともあるかもしれないし。ほら、今日は客間が空いてるじゃない」

千恵子が目をキラキラさせてみんなに同意を求めた。四人も本当は大いに同意したいのだが、千恵子の提案に従うのが悔しいのか、かすかに賛意を示すにとどめた。が、彼らが心からそれを望んでいるのがその表情から窺えた。今彼がここに住まわせてくれと言っても頷くんじゃないかと思えるほどだ。

「さすがにそこまで図々《ずうずう》しいお願いはできませんが、状況次第では後日また伺わせていただくかもしれません。その時は、なにとぞ宜しくお願いいたします」

井上はためらうそぶりをしながら頭を下げた。

そろそろ本題に入るべきだな。

井上は席に座り直し、背筋を伸ばした。老人たちもつられて椅子の上にそりかえる。

「それでは、話が前後しましたが、本日はお忙しいところお時間をいただき本当にありがとうございます。今日は、皆さんに、先日亡くなった峠昌彦監督のお話をお伺いしたいと思います。失礼して、テープを回させていただきます」

井上は大きな革のバッグからウォークマンを取り出してコーヒーテーブルに置いた。ヴォイスレコーダーもあるが、テープが回っているほうが録音しているという実感が湧きやすい。五人が頷き、真顔になった。テープを回されると、誰でも緊張するものなのだ。千恵子が咳払《せきばら》いした。

「ご存じの通り、峠昌彦監督はここ数年海外の映画祭で続けて賞を取り、世界でも注目され始めていた矢先の事故でした。まだ、三十九歳でした。大変惜しいことだったと思います。今、私はここに監督の最新作になるはずだったシナリオ『象を撫《な》でる』を持っているのですが、記事はこのシナリオを基《もと》に書いていくつもりです。このシナリオの内容についてはおいおい触れていきますが、今日は、彼の幼年時代を知っている皆さんに、彼の幼児期について重点的にお話を聞くのが大きな目的です」

井上の口上《こうじょう》を聞き、老人たちの目に誇らしさと期待が浮かんだ。あなたの思い出話に大変な価値があると言われて自尊心をくすぐられない人間はいないだろう。

「ねえ」

唐突に千恵子が口を開いた。これから始まるイベントへの興奮に胸躍《おど》らせていた老人たちに水を差すような、興ざめな口調である。みんなが「なんだ」というように彼女を見た。彼女はみんなの非難を込めた視線よりも、自分が注目を浴びていることのほうが重要らしい。

「昌彦って、事故だったの？　あたしは殺されたって聞いてたんだけど」

事故死だとは限らない。

井上はデジャ・ヴュを見たような気がした。これと同じような台詞をさっきどこかで聞いたような——

事故死とは限らないだろうよ。世間的にはそういうことになってるがね。

井上はハッとして協一郎の顔を見た。協一郎も、さっき自分が言った台詞を思い出したのだろう。一瞬決まり悪そうな目で井上を見てから、サッと目をそらした。

「おいおい、おまえはなんでそういう物騒なほうに話を持っていくんだよ」

黒縁眼鏡の男が今度こそ腹を立てた様子でたしなめた。

千恵子は平気な顔だ。自分の不躾《ぶしつけ》な発言を反省するより、自分の台詞がみんなに漣《さざなみ》を起こしたことのほうが嬉しいのだ。

「あら、あたしはそう聞いたけど」

「どこから聞いたんだ。新聞でも何でも、そんな話は私は読んだことも聞いたこともないぞ」

神経質そうな老人がカサカサした声で言った。

「ええと、監督の死についても、のちほどちょっとお聞きしたいことがありますので、すみません、まず最初に皆さんのお名前をお聞かせ願えますか？」

井上は交通整理に入った。年寄りと話す時は、要所要所での交通整理が肝心だ。どうしても話が行ったり来たりし、ぐるぐる回ってしまうので適当にこちらで話を補ってやらなければならない。目の前の老人たちはまだ頭の回転は錆《さ》びついていないようだったし、話の接《つ》ぎ穂をこちらで差し出す必要はなさそうだったが、逆に各人が勝手に喋りだし、話があっちこっちに飛んでしまう危険性は大と見た。

話が長くなることはむしろ望むところだったが、望んだ方向に向かわず、迂回《うかい》したり脱線しそうな予感がする。核心に迫るまで、相当辛抱しなければならないのは間違いなさそうだ。井上は長期戦を覚悟したが、これまでの準備を思えば今日一日の我慢などたいしたことではない、と自分に言い聞かせる。

「そうだな。私ら、自己紹介もろくにしてなかったな。失礼した。私は朝霞大治郎《だいじろう》の長男で千蔵《せんぞう》。千の蔵と書く。大治郎の持っていた財団法人の理事長を務《つと》めている」

細身の神経質そうな老人が口を開いた。

なるほど、こいつが長男か。

井上は紳士的な表情を崩さずに、心の中ではシビアに相手を観察した。

朝霞大治郎が千沙子に家督を継がせたのも頷ける。たいして決断力や経営手腕を必要としないところに長男を配置したのだろう。いかにも腺病質で線が細く、一族の事業をまとめるには頼りない。が、見たところ彼は自分でも薄々その器《うつわ》でないことに気付いているものの、千沙子が家督を継いだことを根に持っていそうな気がした。

確か、千蔵はもう妻を亡くしていたはずだ。

「私は千次《せんじ》。千の次と書く。名前の通り、次男だよ。今は個人的に歴史の本を書いている。単なる手慰《てなぐさ》みだが」

最初気難しげな印象を受けた髭の男が、やや自嘲的に小さく肩をすくめた。

朝霞千次。この男は大学で歴史を教えていたはずだ。イギリスに留学していたこともあり、英文学にも造詣《ぞうけい》が深く、何冊かそちらのテーマで本を出している。著名ではないが玄人《くろうと》内では評価が高いらしい。ずっと独身を通している。

「僕は千衛《せんえい》。千を衛《まも》る、防衛の衛だ。やっぱり親父の事業で、流通関係の会社を任されていたよ。今も時々は口を出す」

恰幅のいい黒眼鏡が三男だ。いかにも上に兄が二人いるぼんぼんといった風情《ふぜい》。

「あたし、宮脇千恵子です。末っ子よ」

千恵子が勢いこんで口を挟み、「末っ子よ」で小さくしなを作った。

協一郎が、先に自己紹介をした千恵子をちらりと睨《にら》む。が、寛大さを示してもったいぶって挨拶した。

「俺はさっきちょっと話したね。宮脇協一郎。写真をやってる。来年はフランスで個展をやる予定なんだ」

なるほどね。確かこの男はこちらの調べでは、商業写真家と芸術写真家のあいだをうろうろし、どちらにも色目を使っているうちにどちらにもなれなくなってしまった、よくいる無数のアーティストもどきの一人だったと記憶している。そこそこ仕事はしているし、美術学校の講師などは務めているが、一流の写真家というわけではないようだ。今も昔も千恵子の家の資産を当てにしていることは間違いない。

井上はチラッと少女に目をやった。彼女はいまやすっかり絨毯の上に寝そべってしまい、本に夢中になっていた。

「あの子は羽澤《はざわ》愛華。ちょっと訳ありでね——でも、我々の孫みたいなもんさ。ちょっと家庭に問題があって、よくここに来ている。ほとんど住み着いてるようなもんだね。ああ、でも、考えてみたら、あの子は昌彦の遠縁に当たるんだよな」

協一郎がそっと井上に囁いた。この男は、いわゆる「ここだけの話」が好きなタイプの男らしい。少女は、協一郎が自分の話をしていることなど全く気付く気配がなかった。凄い集中力だ。大人が大勢いるところで、一人遊びをすることに慣れているのだろう。

「峠昌彦監督の？」

「ま、それはおいおい話してあげるよ。なにしろ一族の歴史は長いからね」

協一郎は共犯者めかして井上に目配《めくば》せしてみせた。そんなポーズがよく似合うところは、さすが芸術家と言うべきか。

更科が、千恵子の緑茶と愛華のココア、それに茶菓子を載《の》せた盆を持って入ってきた。今度は長田がドアを押さえてやる。

「で、あれが更科裕子《ゆうこ》。よくできた女だ。看護師、調理師、なんでも兼ねられて有能だよ。早くに旦那を亡くして一人で二人の子供を育てた。ああ見えて六十代半《なか》ばだよ。若いだろ？ずっと昔からここで働いている。千沙子が君臨してた頃からね。千沙子は彼女をすごく買っていた」

一通りの挨拶が済み、なんとなく小さな間《ま》が空いた。更科が外に出て行こうとするのを井上が呼び止めた。

「よろしかったら、更科さんも一緒にいていただけますか。あなたも峠昌彦監督の幼年時代をご存じなのでしょう?」

「うん、そうだそうだ、サラさんも一緒に聞こうよ。実際にあいつの世話をしてくれてたのはサラさんだろ?」

千衛が大きく頷く。彼女は彼らの全幅の信頼を得ているらしく、他の老人たちも今度は迷うことなく賛意を露《あらわ》にした。更科のほうが戸惑った表情になる。

「でも、あたしなんかがいても、お役に立てるかどうか」

「是非《ぜひ》お願いします」

井上は重ねて頼んだ。他のメンバーも同意する。更科は渋々承知した。

「じゃあ、この辺りで聞いてます」

更科は、出口に近いソファの隅っこに、いかにも申し訳なさそうに腰掛けた。いつでも立てるように浅く腰掛け、前かがみで膝の上に手を組む。その態度にも、決して公私混同しない、彼女のきちんとした性格が窺えた。油断はならないが、朝霞千沙子が信用していたわけが分かるような気がした。

「それでは、伺いますが、峠昌彦監督は、特にあなたがたと血が繋《つな》がっているというわけではないんですよね?」

井上は改めて老人たちを見回した。

いよいよ、始まるぞ。

「もともとは、千沙子が連れてきたんだよ」

四人を代表するように千蔵が答えた。

「昌彦を、というよりも彼の母親をね。峠晶子《あきこ》と乳飲《ちの》み子である昌彦を、千沙子がここに連れてきたんだ。当時、ここは我が家の別荘だった。休み以外には使われていなかったんだが、千沙子の代になって、彼女はここがとても気に入っていたから少しずつ彼女が使いやすいように手を入れて、一人でもよくここに来ていた。難しい商談や、何かゆっくり考え事をしたり決断したいことがある時にもここを使っていた。峠晶子は、千沙子の女子高時代の後輩でね。可愛《かわい》がっていたようだ。晶子は何かトラブルを抱《かか》えていて、昌彦を一人で育てられずに先輩の千沙子を頼ってきたらしい。実際、千沙子だったら経済的にも余裕で面倒を見られたわけだからね」

ひと息ついた表情に、少し皮肉と僻《ひが》みがこもっている。

「それで、晶子はここで昌彦を育てていた。一時期千沙子はここに小さな育児施設を作っていた。晶子は保母の資格を持っていたので、そこを手伝ってもいた。私が思うに、千沙子は事業としての可能性も考えて、保育園というのがどういうものか試しに運営してみていたのじゃないかと思う。自治体の補助や税金の実態やなんかを、彼女はいろいろ確かめていた。実際金にはならないと思ったのか、昌彦が小学校に入る頃にはやめてしまったけどね。結局、子供は十人くらいしかいなかった。その時、常駐のような形でここの管理を任されたのが更科さんだ。当時、保育園も手伝ってくれていた。その働きぶりを買って、以来ずっとここは更科さんにお願いしているのさ」

　みんながなんとなく更科を見た。更科はもぞもぞし、俯《うつむ》き加減になる。

「もう四十年も経《た》つんですねえ」

　そう低く呟いた。

「じゃあ、皆さんも昌彦の幼少時はご存じなわけですね？」

　井上はさりげなく話を引き戻す。

「まあね。当時の僕たちは、遊ぶところも金もなかったんで、シーズン毎《ごと》にここに来てたからねえ。少なくとも昌彦が小学校にあがるまでは年に数回は顔を合わせてたんじゃないかねえ。一番昌彦とよく遊んでたのは、千次兄ちゃんじゃないかな。千次兄ちゃんは、一見無愛想に見える割には、意外と子供に懐かれるんだよね。現に愛華だって、僕らの中じゃ千次に一番懐いてる。僕なんかよく好かれるだろうって言われるけど全然だよ。どういうところが子供はいいのかねえ。ちっとも分からん」

　千衛が千次をちらりと意味ありげに見た。確かに、子供の好みというのはよく分からない。だが、さっきの態度を見ていても、千次という男は相手が子供だろうと誰であろうと態度を変えるようなタイプではないと見える。愛華の空想（？）に他の連中がとりあわなくとも、彼だけは淡々と彼女の発言を受け入れていた。あんなふうに子供だからといって態度を変えないところが、かえって子供には受け入れられるのかもしれない。

「あらあ。年に数回は、だなんて随分控えめな言い方じゃないの？」

千恵子がいかにも意地悪い口調で千衛の顔を覗き込んだ。千衛は一瞬ぎくっとした顔になる。

「なんか、一時期は、みんな足しげく通ってたわよねえ、愛華苑《あいかえん》に」

「愛華苑？」

井上が聞き返すと、千恵子が思わせぶりに頷いた。

「そう。愛華の名前は、そこから取ったのよ。まあ、少しは愛華の母親も愛華苑に恩義を感じてたってことかしら？」

目に見えて千衛の機嫌が悪くなった。

「おまえはどうしてそうあることないことべらべら喋るんだ？　おまえの自分勝手な憶測がひと様にどういう印象を与えるのか、考えたことはないのかね」

「何よ、蔵《くら》ちゃんだって、一時期ぞっこんだったじゃないの、晶子さんに」

「なっ」

千蔵が怒りと羞恥《しゅうち》で赤くなり、どぎまぎした。

千恵子はずずっ、と音をさせて緑茶を啜《すす》った。

「もう、どうして男の人ってああいうタイプの女の人に弱いんでしょうねえ。なよなよとした、ちょっと影があって、薄幸そうに見える女の人。気が弱そうに見えるわりには、しっかり千沙ちゃんみたいにお金のある人のところに転がりこんで、昌彦の面倒まで見させておいて、しかも弟たちを次々誘惑してたんだから、薄幸どころか、あたしなんかよりよっぽど生活力があるわよ」

「よせ」

千次が短く言った。千恵子はむっとした顔で千次を睨みつける。そんなところはまるでティーンエイジャーのわがままな少女そのままで、実際、こうしてみると彼らは子供の頃からこんなふうに言い合いしながら育ってきたのだろうと思わせるところがあった。

そんなふうに考えると、最初はただの老人としか見えなかった彼らが、かつてはつるんとした顔の少年少女だった人間として見えてくるから不思議なものである。

「あら、どうして？　だって、あの女、結局どうなったか覚えてないっていうの？　昌彦を愛華苑に置き去りにしたまんま、どこかの飲み屋の男と駆け落ちしちゃったのよ。『昌彦のことはよろしくお願いします』なんて極めて自分勝手な書置きを残してさ。あたし、覚えてるわよ、みんなおろおろしちゃって。しかも、あんたたちなんか、彼女が男と逃げたと知ったらそれまでちやほやしてたのが一転しちゃって、すべた、だの、毒婦だのって凄いあしざまな言い様《よう》だったわよ。おまけに、昌彦がかわいそうだ、やっぱり子供には母親が必要だ、俺たちが昌彦のためにあの女を連れ戻しに行ってくる、なあんて一致団結しちゃってさ。それにはおあしが欠かせないからって、千沙ちゃんからかなりの軍資金を出させてよ、ねえ、この人たちどうしたと思う?」

千恵子は話しているうちに興奮してきたのか、いきなり井上のほうを見た。些かつけすぎのマスカラの乗った目が血走っているのに面食らう。

「もう、二週間も帰ってこないわけ。真面目に捜してるのかと思いきや、盛り場を手分けして捜してるうちに、ミイラとりがミイラになっちゃったってわけ。見事にまあ、飲む、打つ、買うに入《い》り浸《びた》りよ。要は、母親捜索にかこつけて、みんなで東京に物見遊山《ものみゆさん》に行っただけで、すっからかんになって帰ってきたわけ。その時の言い草がこうよ。やっぱりこの程度の時間じゃ捜せない、誰か人を雇わなくちゃやって。みんなぐでんぐでんで身包《みぐる》み剝《は》がされてて、唯一あたしたちに買ってきてくれた土産《みやげ》が浅草《あさくさ》の雷おこしときた日には、あまりにも情けなくって、千沙ちゃん、あの時はきょとんとした昌彦を抱っこしながら本当に涙流してたわよ。全く、男って」

思い出しているうちに千恵子は本当に腹が立ってきたらしい。逆に、最初に部屋に入ってきた時に見せた、いかにも老人然としていた千恵子より(あの時は、ここに入り込むためにかなり演技が入っていたのだろう)、今のようにぽんぽん言っている彼女のほうが精彩があるので井上はおかしくなった。

さすがに何も言い返せない思い出らしく、三人のきょうだいは決まり悪そうに黙り込んでしまった。彼らの沈黙がいたたまれないのと、話が脱線するのを引き戻すべく、井上は努めて冷静に質問した。

「じゃあ、結局、晶子さんは見つからなかったんですね？」

千恵子は急に疲れたような表情になると、左右に小さく首を振った。

「見つかったわよ」

「え、それでは、今はどちらに」

「死体でね。浅草の路上で、シュミーズ一枚でメッタ刺しになってるところを見つかったの。ああいう男と駆け落ちした女がどうなるかは知ってるでしょう。結局ヒモに働かされて、別れるの別れないので、さんざん言い争ったあげくの結末らしいわ。男のほうは、アパートの中で自分の喉を突いて死んでるのが見つかったって。愛華苑から逃げ出して一年くらい経ってからだったかな。それでも、千沙ちゃんが葬式を出してやったのよ。さすがに昌彦には、昌彦のために遠くで働いていて、事故で亡くなったんだって説明してたみたい」

急にしんみりした。が、井上はその時あることに気付いた。

「そのシーン——ありますよ、『象を撫でる』の中に」

「なんだって？」

千次が眉をひそめた。

「それとそっくりの場面です。子供と別れて東京で働いていた女が、雨の夜路上で若い男にメッタ突きにされて下着一枚で倒れて死んでいくシーン。彼は、誰かから母親の最期のことを聞いていたんでしょうか？」

井上が尋ねると、みんなが怪訝《けげん》そうに顔を見合わせた。

「まさか」

「僕じゃないぞ」

「私でもない」

「やだ、あたしも違うわよ」

みんなの疑いのまなざしを浴びた千恵子も慌《あわ》てて否定した。

「千沙子かもしれないぜ」

協一郎がしらっとした声で口を挟んだ。みんながハッとする。

「千沙子だったら言いそうじゃないか。もう少し大きくなってから、昌彦に説明したんだ。つらいだろうけど、真実は知っておいたほうがいい。千沙子だったらそう考えそうな気がするな」

「そうかもしれないわね。下手《へた》な隠し事はよくないって、千沙ちゃんだったら考えるかもしれない」

「昌彦が自分で調べたのかもしれない。自分が幾《いく》つの時に葬式に出たかは覚えてただろうから、当時の新聞記事でも調べれば、何が母親の身に起きたか分かるはずだ」

千次がぶっきらぼうに言った。

「うん、きっとそれだよ。なにしろ、映画監督だったんだから。名前が出るようになると、昔の知り合いやなんかから、連絡が入るようになるってのはよくあることだ。偶然誰かから聞かされたのかもしれない。峠っていうのもありそうでない、珍しい苗字だからな。ほら、飲み屋なんかに行って昔話してると、意外なところで知り合いに出くわしたりするだろう」

千衛がしきりに頷く。

「で、その後も千沙子さんが昌彦監督を育てたんですか？」

井上は再び話を戻した。

「いいや」

千蔵が首を振った。

「千沙子は愛華苑に見切りをつけていて、早晩閉める予定だった。自分で昌彦を育てるかどうかずっと悩んでいたらしいが、事業が大事な時期で、とても自分では育てられないと判断したんだな。晶子の両親に連絡を取って、昌彦を引き取ってもらうことにしたんだ」

「それまでは、晶子さんの両親とは連絡を取っていなかったんでしょうか?」

井上は不思議に思っていたことを尋ねた。

「たぶん、晶子の抱えてたトラブルのせいで勘当みたいな状態だったんだろう。彼女も亡くなっていたし、忘れ形見となれば両親だって嫌とは言うまい。もっとも、そこでも千沙子はたっぷり彼女の両親に養育費を援助してやったはずだ。持参金付きならますます断るまいよ。おそらく、昌彦を育ててもおつりの来る額だったろうからな」

「じゃあ、皆さんはそれ以来彼には会ってないわけですね」

「うん。千沙子は時々会ってたような気がするけど」

「成人してからの彼に会っている方はいらっしゃいますか?」

誰からも返事がない。

「映画監督になってからも?」

「会ってないな。ほれ、あいつが何か大層な賞を貰《もら》った時に、みんなであれはあの昌彦だってことでパーッと盛り上がって、連名で花を贈った覚えがあるが、あれはいつだったたっけね?」

「ああ、あったあった。結構前だね。最初に賞を貰った時だよ、イタリアだかフランスだかで。礼状が来たはずだ」

「彼の映画はごらんになってます?」

「最初のは観たな。みんなで観に行った。なんだっけ」

『冬の観覧車』」

「正直言って、あたしには難しくて。芸術的なのは分かるけど」

「ああいうのが、ヨーロッパじゃ受けるんだよ。禅だとか言って」

「俺は全部観てるぜ。美術学校の生徒とも行った」

協一郎が得意分野とばかりに鼻高々につんと顎《あご》をそらせた。

「結局、昌彦は何本映画を撮ったんだい？」

「監督になってからは五本じゃないかな。助監督時代のはたくさんあるけど。あと、短編やドキュメンタリーも少し撮ってた」

「さすが、アーチストは違うねえ。どれかいいのはあったかい？」

「うーん。やっぱり『冬の観覧車』は新鮮だったよ。テーマに対して真摯《しんし》なのはいいんだが、なにしろ暗くてね。後になるに従って、どんどん重くなっていく。ハリウッドみたいな軽薄なエンターテインメントもどうかと思うが、日本の若者の自分探しにはちょっと飽《あ》き飽きだねえ、俺は」

「そんなことはない」

千次が控えめだがきっぱりと言った。

協一郎を始め、皆驚いたように千次の顔を見る。

「確かにテーマは重いけれど、彼の映像には淡々としたユーモアと、楽観的な軽さもある。私はとても好きだね」

「なんだ、おまえも全部観てたんじゃないか。知らなかったぞ」

協一郎が叩く仕草をしたが、千次は特に否定も肯定もしなかった。

「彼はどんな子供でした？　将来映画監督になるような片鱗《へんりん》はありましたか？」

「どうだろう――とにかくおとなしい子だったね。そういう印象が強い」

千蔵が考えながら答えた。

「おとなしいけど、ぼんやりしてるって感じじゃなかったわ」

千恵子が頷いた。

「そうだな。いつも何かじっと見てるっていうか、周囲に対して耳を澄ましてるっていうか、観察眼の鋭い子だったんじゃないかな」

「うん。写生は上手だったね。絵はうまくなかったけど、再現力があったんだよ」

井上はなるほどと思った。三つ子の魂百までというのは本当だ。

「耳はよかったよ。一回聞いた歌をよく覚えてるのにびっくりしたことがある」

「ねえ、あいつ、電話が好きじゃなかったか？」

突然思い出したように、意気込んで協一郎が言った。

「ああ、好きだった好きだった」

井上は尋ねた。

「電話が好きというのは——掛けるのがですか?」

「いや、違う」

協一郎が首を振った。

「人が電話を掛けてるのを聴いてるのが好きだったんだよ。電話室で——当時は電話が一台しかなかったからね——誰かが電話を掛けてると、サッと駆け寄ってきて、電話を聴いてるんだ」

「盗み聞きをしていると?」

協一郎は首をかしげた。

「そういうのとも違うんだよ。あれはなんていうんだろう」

「あれはね、声そのものを聴いてるのよ」

千恵子が言った。

「声?」

「あたし、よく覚えてる。電話室の電話が鳴ると、やっぱりあの子が真っ先に飛んできてパッと取るわけよ。でも、あの子は電話で喋るのは大嫌いなの。向こうの声を聴いて、受話器を置いて、近くにいる大人を捜してくるんだわ。あたし、その時、ちょうどあなたと婚約した頃だったかな——あの子、前に掛かってきたあなたの声を覚えてたのよ! あれはびっくりしたな。あたしのところに飛んできてね、『キョウイチロウさんからだよ』って言ったの」

「え？　ほんと？　俺が名乗ったのを聞いたんじゃないの？」

「違うわよ。その時、あたしが受話器を取ったら、『今のなに、もしもしって言っただけで受話器を置いてった』ってあなたが言ったの。驚いたんで、今でも覚えてるのよ」

「へえー。そんなこともあったかね」

「彼は母親似でしたか？」

「どうかなあ。あんまり似てると思ったことはないな。淋しげな顔というのでは共通してたと思うけど。男の子だし、子供の顔って変わるからねえ」

千衛が肩をすくめた。

「ねえ、最新作はどういう話だったの？　さっき、晶子さんの最期と同じ場面が出てくるって言ったけど」

千恵子が思い出したように尋ねた。すっかりくだけた雰囲気である。

「ああ、『象を撫でる』のことですね？」

井上は頷いた。

「『象を撫でる』というのは、あれだろ、『群盲、象を撫でる』」

千次がボソッと呟いた。

「ええ、そうです。細かいことは忘れましたが、何人かの盲人がいて、象の身体を撫でている。一人は象のしっぽに触って、『象というのは蛇のようなものだ』と思う。別の一人は象の身体に触って、『象というのは壁のようなものだ』と思う。それぞれが、象の一部に触れて、象という動物のことを分かったような気持ちになるという話ですね」

「もともとは、凡人には大人物のやることは分からないという意味だったよな」

「はい、そうですね。でも、峠昌彦監督はちょっと違う意味で使っています。これまでの彼の作品は長回しが多いのが特徴だと言われていましたが、今度はカットバックを多用するつもりだったようです。シナリオも、あまり説明的な場面はなく、一人の女の生涯のさまざまな場面を、時系列もバラバラで投げ出すような形で並べて、観客に背後関係や場面の繋がりを想像させるのが目的だと言っていました」

「へえ。これまでのより、そっちのほうが面白そうだったのに」

協一郎が残念そうに呟いた。

「つまり、ある女の存在自体が『象』であるというわけだね。ある人間を理解しようとしても、その一部にしか触れていなければ、その人間の全体は理解できないと」

千次はやけにゆっくりと言った。

「はい、彼が目指していたテーマは全くその通りだったと思います」

如才なく頷きながら、井上はやけに千次が自分のことをじっと見ていることに落ち着かなかった。

どうしたというのだろう。この目つき、なんだか気に入らない。

さっきの話を思い出す。昌彦はいつも観察していた、じっと耳を澄ましていた——

突然、足元に柔らかいものが当たったのでぎょっとして下を見る。

そこには、いつのまにか黒い子猫がやってきて靴下の匂いを嗅《か》いでいた。

そういえば、玄関であの子はおかしなことを言っていたな。

おじさん、お星様の匂いがする。

お星様の匂い？ 星の匂いって一体どんな匂いなんだろうか？

猫はかなり人懐こかった。みんなが可愛がっているのだろう。みゃあみゃあか細く鳴く声にも媚《こび》のようなものがある。

「お客様に粗相《そそう》をするんじゃないぞ」

千次が猫を睨みつける。

「気を付けたほうがいいよ、そいつは可愛い顔をしてるけど、スリッパを便所だと思ってるからね。まだトイレの躾がなってない」

千衛が足を引っ込めた。

井上はそっと小さな猫を抱き上げる。この温《ぬく》もり。皮を通して感じる骨のごつごつした感触。奇妙な生き物だ。

小休止。どことなくそんな雰囲気が流れ、老人たちはぼそぼそと自分たちでお喋りを始め、更科はお茶を入れ替えるために席を立った。井上はなぜかホッとしている自分に気付いていた。相当緊張していたらしい。

「ああ、なるほど」

井上は独《ひと》り言《ごと》を呟いた。

「オセロというのは、シェイクスピアじゃなくて、ここから取ったのか」

猫は全身が真っ黒だったが、顔の一部と足首から先が、靴下を履いたかのように白かった。

「もう真っ暗だよー」

少女が窓辺で叫ぶ。

思わずつられて目をやると、窓には少女の顔が映っているのが見えた。反射的に時計を見るが、まだ五時前である。ほんの少し前までは七時頃まで明るかったような気がするのに、すぐに日が短くなるのには毎年驚かされるのだ。ここが深い山の中だというせいもあるだろうが。

「ほら、もうこんな真っ暗よ。タクシーだって、ここの山道に夜になってから来るのを嫌がるんだから。泊まっていきなさいよ。あんたたちの分くらい、食料のストックはあるわ。ここは一月《ひとつき》近く籠城《ろうじょう》したって大丈夫なんだから」

千恵子が井上の顔に浮かんだ表情を読んだかのように誘った。

「うーん。確かに、帰る気分が萎《な》えてしまいますね」

迷うように呟いてみせる。

井上はチラッと長田を見た。彼はさきほどから影のように後ろに付き添っていたが、みんなのリラックスしている雰囲気を壊さぬようにパシャパシャと写真を撮り始めた。たちまちみんなが意識して、ぎくしゃくするのが分かる。

「そのまま、そのまま。いつも通りで」

長田があの愛嬌《あいきょう》ある笑みを浮かべて敏捷《びんしょう》に部屋の中を動き回る。こういう時の彼の動きは猫のように無駄がなく素早い。今、彼は何を考えながら写真を撮っているのだろう。もっとも、実際被写体に向かっている時は本能だけで撮ると言っていたっけ。

少女がぶらぶらとこっちにやってくる。長田のカメラ機材が珍しいようだ。躾がいいのか、決して手を出したり触ってみたりしようとはしない。けれど、しげしげと舐《な》めるようにカメラバッグや照明機材を観察しているのだ。

「峠昌彦もあんな感じだったんですかね」

井上は、世間話のつもりで千次に話し掛けた。さっき感じた居心地の悪さを解消しておきたいというのもある。

「うむ。愛華みたいな愛嬌はなかったがね。いつも真剣に観察していたよ。周囲のごたごたや、母親に捨てられたことは薄々感じていただろうに、よくぐれなかったな」

「女の子は名前が華やかでいいですね」

「ちょっと名前負けしてるような気もするがね」

「そんなことありませんよ。確かに、いわゆる美少女という顔じゃありませんが、今の女の子はセンスが大事ですからね。あの子は、なんだかお洒落《しやれ》なセンスを感じます。私に言われても説得力ないかもしれませんが」

「どうだい、いい記事が書けそうかい。小学校以降の昌彦に関しては、我々ではよく分からないから、ちょっと内容的には弱いかな」

千蔵が心配そうに井上の顔を覗き込んだ。やはり、見た目通り心配性のようである。

「いえ、そんなことはありません。やっぱり彼のルーツはここにあったのだと、皆さんのお話で確信しました。大変面白い。彼の幼児期の様子と、彼の映像とは大いに関係があったと思いました」

「それはよかった」

井上がしっかり請《う》け合《あ》ったので、千蔵も安堵《あんど》したらしい。

「でも、さっきの話くらいだわ――昌彦に関して覚えていることって。もうちょっとお喋りしていれば思い出すでしょうけど、ね」

千恵子が暗に滞在を促《うなが》しているのが分かる。

ここで乗るべきかな。

井上は決心した。

「ええ、もっとお話を伺いたいですね。ここでの暮らしの様子とか——あと、なんといっても朝霞千沙子という人が彼に与えた影響は大きいと思います。これからは、彼女のことをゆっくり伺いたいのですが——あのう、おそらくご親切で言ってくださったのだとは思いますが、本当に、こちらに泊めていただくというのは可能性として考えてもよろしいのでしょうか？　せっかく話も乗ってきたところですし、まだまだお話を伺いたいのですが」

彼の精一杯のおずおずとした申し出が、老人たちを喜ばせたのは確かだった。

「もちろんだとも。私ももっと話したいことがある。千沙子のアルバムだって、どこかに入っているはずだ。あとで探しておくよ」

「いい酒もあるんだよ。君、ウイスキーは大丈夫かな？」

老人たちはそわそわしている。千恵子などは踊りださんばかりだ。

井上は、自分の申し出が受け入れられることを確信し、これまでの予定が順調に進んでいることに安堵した。

「ねえ、更科さん。お客様が滞在することになったの。客間を用意してあげてよ。部屋を暖めておいてあげなきゃ」

新しいコーヒーとお茶を持ってきた更科に、千恵子はうきうきした声で話し掛けた。

「あら、そうなんですね」

更科も笑顔である。彼女に拒《こば》まれていないと感じ、井上はホッとした。

「君、麻雀《マージャン》は？　カメラマンの彼も？　たまに新顔が入るとぐっと面白くなるね。君たち、強そうじゃないか。今の三十歳以下の男って、もう麻雀やらないからな」

協一郎は早くもそっちに心が奪われているようだ。

「待ってくれ。その前に」

突然、千次が大きな声を出した。

一瞬、何が起きたのか分からなかった。

みんながきょとんとした顔で彼に注目する。


「その前に、君に一つ聞いておきたいことがある」

部屋の中がしんとした。

あっけにとられたように全員が千次と井上を見ている。井上すらも、あっけにとられていた。千次のその言葉が、自分に向けられているのだとなかなか気付かなかったくらいだ。

「私、ですか?」

井上は我ながら間抜けな声を出した。

「そう、井上くん、君だ」

千次は相変わらず無表情のまま頷いた。

「そろそろ教えて貰おうかね、君がいったい何の目的でわざわざここまでやってきたのか」

「え?」

今度はみんなが間抜けな声を出した。

「いったい何の目的でって——亡くなった昌彦の追悼記事を書くためでしょ」

千恵子が「馬鹿らしい」というように千次を睨みつけた。せっかく井上たちが滞在する気になったのに、楽しい気分に水を差されたような感じだったのだろう。

「いや、私はそうじゃないと思う」

千次は淡々と言った。目はピタリと井上に向けられたままだ。井上は混乱したまま、千次の次の言葉を待つしかなかった。後ろで、長田が固唾《かたず》を呑んでなりゆきを見守っているのが分かる。

じっとしていろ。黙っていろ。

井上は、心の中で長田に話し掛ける。

「君は相当昌彦と親しかったように思う」

井上はぐっと詰まった。

「はあ、生前何度か取材させて貰ったことがありましたから」

「それだけかな。君は、我々のことを前もってかなり調べていたね」

井上は当惑した表情を作る。実際、彼はひどく戸惑っていた。

「それは、当然ですよ。なにしろ朝霞家と言えば名門ですし、取材する相手は前もっていろいろ調べておくのがエチケットです。それがいけませんでしたか?」

「君は、子猫の名前を知っていたね」

いきなり質問を変えられて、井上は混乱と焦《あせ》りをこらえた。

「さっき彼女が『オセロと湖のそばで遊んでいた』と言っていましたからね」

「だが、ほんの少し前、君はこういった。『オセロというのは、シェイクスピアじゃなくて、ここから取ったのか』、と」

井上は素早く頭を巡《めぐ》らせる。千次が一言一句違《たが》えず覚えていたことに驚いていたが、今はそれどころではなかった。

「ええ、言いましたよ。それがどこかおかしいですか?」

「彼女がオセロと湖のそばで遊んでいたと言った時には、君はもうオセロの姿を見ていたはずだ。だが、君はその名前だけをどこかで聞いて、シェイクスピアだと思ったのだ。恐らく、オセロが私の猫で、私がイギリス文学の本を出していると知っていたからだろう？

君は現物を見て、初めてそれが間違いだと知った。だからああ言ったんだ」

千次が整然と話す言葉に、みんながあっけにとられていた。

「それはちょっと考えすぎじゃないかい、次《つぎ》ちゃん」

千衛がとりなすように口を挟む。彼も、どちらかと言えば増えた飲み仲間を帰したくない口らしい。

「そんなに深読みをされていたなんて、むしろ光栄ですが」

井上は両手を上げて苦笑してみせた。内心はかなり焦っていたのだが。

「じゃあ、愛華の件はどうだね？」

「え？」

千次の次の質問に、井上は面食らった。

「さっき、やはり君はこう言った。『女の子は名前が華やかでいいですね』」

「ええ、言いましたけど」

頷きながら、井上はどこかで間違ったのだろうか、と必死に記憶を辿《たど》っていた。

「君は今日初めてここで彼女に会ったのだろう？」

「はい」

怪しみながら、井上は答えた。不安はどんどん募《つの》る。何かドジを踏んだのだろうか？

「なぜ君は愛華の名前の漢字を知っていた？　豪華の『華』という文字を連想して君があ言ったのだと推察するが。彼女が今日ここに来たのは偶然だ」

「ああ、それでですか」

井上はホッとした。

「さっき千恵子さんが、愛華苑の名前から取ったとおっしゃったからですよ。そちらの名前を知っていたので」

「『愛華苑』というのは、入所していた人間と我々だけが知っている通称なんだ。表向きの正式名称は、朝霞の丘児童苑。なぜ『愛華苑』かというと、当時そこで飼っていた犬の名前が『ラブ』と『フラワー』だったからさ。時代が出てるだろ？　それをもじって勝手にそう呼んでいたんだ。私の知る限り、この名前が活字になったことはないはずだ。対外的には、朝霞の丘児童苑という名称しか使われていなかったからね。だから、君がその名前を知っているのは入所者——恐らく、昌彦本人から聞いたのだとしか思えない。そして、昌彦がそんな話をするのは、相当に親しかった人間だけだろう。あの子はなかなか他人を信用しなかったからね」

みんなが目をぱちくりさせて、千次と井上を交互に見ていた。

まずった。

井上は胸の中で舌打ちしていた。そんなつまらないところから嘘《うそ》がバレるとは。

ほんの短い時間、逡巡《しゅんじゅん》したが、ままよ、と観念する。

些か早すぎたが、いずれは明かさなければならなかったことだ。

「――やっぱり、昌彦を一番理解していたのはあなたのようですね」

長田が何か言おうとするのを制して、井上は千次を振り返った。

「皆さん、申し訳ありません。私は嘘をついていました。私は週刊Kの記者ではありません」

井上がそう宣言すると、老人たちの間に動揺が走る。

仕方がない。ほんの少し前まで親しみと期待を感じていた男が、突然どこの馬の骨とも知れぬ闖入者《ちんにゅうしゃ》になってしまったのだ。疑惑と不安に満ちた視線が投げられるのを感じて、井上は小さくため息をついた。

「しかし、決して怪しいものではありません。皆さんをこれまで騙していたのは悪かったと思いますが。ご勘弁ください。朝霞家の顧問弁護士は大層強力で、私の前では絶対あなたたちに何も喋らせないだろうと昌彦が言っていたのでね。どうしても、じかにあなたたちとお話ししたかったんです」

「え?」

再び彼らの間に動揺が走ったが、今度は疑惑よりも興味のほうが勝っていた。

井上は慇懃に頭を下げた。

「私、弁護士の井上と申します。昌彦君とは、高校と大学が一緒で、親しくさせてもらっていました」

井上は、自分の言葉の反響が相手に染み渡るのを待った。

「私は、彼から遺言状を預かっています。随分前に預かってくれといわれていたものです。彼は、自分の死を予期していた気配があります」

ざわざわと、これまでとは異なる緊迫した感情の波が走った。

千次もこれには驚いたようだ。まさか、井上が昌彦の顧問弁護士だったとは思わなかったのだろう。

井上は、声に威厳《いげん》を込める。彼らに白状させるためにも、今はこの場を支配しなければならない。

「長田くんがカメラマンだというのは本当です。もっとも、カメラマンはカメラマンでも、映画の撮影監督が本職ですが。彼は、昌彦が助監督の時代からずうっと一緒に仕事をしてきた戦友です」

部屋の中の注意が長田に移る。長田も、静かに頭を下げた。

学生時代は写真部だった男だ。映画を撮りつつ新聞社で契約社員として働いていたし、グラビア撮影もお手のものである。

「率直《そっちょく》に申し上げて、我々は昌彦の死因に疑問を持っています。世間的には事故として処理されていますが、我々はそう考えていません」

「なんだか、少し分かってきたような気がする」

驚きを隠しきれない他の老人たちに比《くら》べ、千次は何かに気が付いたようだった。

「君がどうしてあの質問をしないのかとずっと不思議に思っていた。昌彦の生い立ちの話をしていたら、必ず出るはずのあの質問だ」

さすがだ。この男はよく分かっている。

井上は頷いた。

「もうお分かりのようですね」

井上は続きを千次に言うように目で促した。

「そう。昌彦の父親が誰かということだ」

部屋の中の人間の動きが一瞬止まった。その瞬間、空気の色が変わったようにすら思えた。

「はい。これもまた率直に申し上げましょう。昌彦は、今ここにいる方々の中に自分の父親がいると確信していました」

「ええっ」

これには、心底みんなが驚愕《きょうがく》したようだった。しかし、井上は全員の反応を素早くチェックしていた。たいした演技だが、この中に一人だけ嘘つきがいるのだ。

「それは、彼の母親——晶子さんが、一度だけぽろりと彼に漏らしたのだそうです。父親が近くにいるからここに来たのだ、と。千沙子さんもそのことを知っていて、だからこそ愛華苑に親子を連れてきたんです」

「へえっ。これはまた、とんでもないことになったな」

協一郎が興奮した顔で首を左右に振った。自分は対象外だと思っている口ぶりである。

井上は冷ややかな視線を投げた。

「千恵子さんがいるところで申し訳ないのですが、宮脇さん、あなたも昌彦が疑うリストに入っていました」

「えっ？　なんで俺が」

協一郎はたちまち狼狽《ろうばい》の色を見せた。

「それはご自分で考えてみてください」

井上はあっさりそう突き放すと、みんなの顔をぐるりと見回した。

「彼は子供の頃から、一生懸命、みんなを観察して、父親を捜していたそうです。中でも、彼は声を重視していましたね。なんでも、千沙子さんが、男の子は男親と声がそっくりになるねえ、と言ったからだそうです。まだ彼は変声期前でしたから、自分の声と親の声が似ているかなんてよく分かりません。だから、一生懸命周囲の大人の声を覚えておいて、将来比べてみようと思っていたらしい。もっとも、これは成功しなかったようですがね。けれど彼には、この人が父親ではないかと疑っていた人物がいたらしい。それでも、決定的な証拠がない限りは言えない、と私にすらその人物を教えてくれませんでした」

「で、昌彦の遺言にはなんて書かれていたんだね？」

千蔵がかすれた声で尋ねた。

「それはまだ申し上げられません。できれば、彼の遺言状を読む前に、父親に名乗り出ていただきたいんです。彼はそれを何よりも望んでいましたから」

複雑な沈黙が降りた。

誰もが固唾を呑んで他の人間の顔色を見守っている。そして、誰かの唇が動くのではないかと期待していた。

しかし、いつまでもその沈黙が破られることはなかった。

井上は大きく息を吸い込んだ。

「名乗り出てはいただけないようですね。では、遺言状を読み、これからまた少しいろいろなご相談をさせていただきたいと思います」

「井上くん」

またしても、千次が話の腰を折った。

井上は怪訝そうに千次を見る。

「何か？」

今度はなんだろう。とりあえずあとは特に隠していることはないが。

「君は、訪問者かね?」

「は?」

井上は、今度こそ完全に面食らっていた。

「今、なんとおっしゃいました?」

千次はもう一度ゆっくりと言った。その表情に感情は表れていないが、彼がひどく真剣であることは分かる。

「君は、訪問者かね?」

「訪問者? おっしゃる意味が分かりませんが」

千次は小さくホッと息をつき、おもむろにカーディガンのポケットから安っぽい封筒を取り出した。

「今週の頭に、私宛《あ》てに差出人の名前のない封筒が届いた」

千次はガサガサと白い紙を取り出す。

「これにはワープロでこう書かれていた。

『もうすぐ訪問者がやって来る。訪問者に気を付けろ』

私は、てっきり君がこの手紙をよこしたのかと疑っていた。だから、最初から警戒していちいち細かい言葉尻を捕らえていたのかもしれない。もう一度きく。君は、ここに書かれている『訪問者』かね?」

井上は眉をひそめて、大きく首を左右に振った。

「いいえ。私ではありません。私はそんな手紙をあなたに送ってはいません」

「そうか」

千次は低く答え、部屋の中を見回した。

「他に、この手紙に関して心当たりのある人は?」

しかし、やはり口を開く者は誰もいなかった。重く気詰まりな沈黙が、ずっしりと部屋を埋め尽くすだけ。

「誰か来たよー」

急に、少女のはしゃいだ声が響き、みんながぎょっとして声の主を振り返った。

「え? こんな時間に」

「誰だ?」

「他にも約束があったのか?」

みんなが口々に言い、更科の顔を見るが、更科は首を振るばかりだ。

「いいえ。何も聞いていません。この季節、ここに来るのを五時過ぎに約束する人なんて、よほどのことがない限りいませんよ」

「明るいね」

少女は無邪気な笑顔で、腰を浮かせている大人たちを振り返った。

「あれは」

みんなが窓に注目する。

実際、外の闇に、遠くから車のヘッドライトが近づいてくるのが見えた。漆黒《しっこく》の闇に浮かぶ、頼りない二本の光。

「本当だ」

「誰か来る」

誰もが反射的に立ち上がってしまっていた。かといって、その場から動くこともできず、窓の外をじっと見つめている。

「これかな」

千次が小さく呟き、手元の封筒に目をやる。

「あれが、『訪問者』なのかな」

離れたところで、車のドアがバタンと閉じる音がした時も、誰も動かなかった。

どういうことだ？　ここで何が起きようとしているんだ？

井上は、思ってもみなかった展開にすっかり戸惑っていた。

仕掛けたつもりだったのに、仕掛けられていたのか？

眉をひそめた表情のまま、彼はじっとその瞬間を待っていた。
ドアの向こうで、廊下の先の玄関のベルが、静かに来客を告げるその瞬間を。

第二幕　ももいろのきりん

来客を告げるベルが鳴った。

みんながどことなく身構え、緊張するのが分かった。

それは、井上唯之とて同じである。

週刊誌のライターを装《よそお》って入り込み、みんなを思うまま喋らせたところまでは順調だった。親友峠昌彦の父親はこの中の誰かである。千次の鋭い指摘に、思ったよりもずっと早く身分を明かすハメになったが、それでもようやく本題に入ろうというところだったのに、思わぬ水入りとなった。

井上は老人たちの顔をそっと見回す。このベルを鳴らした来客が予定外の訪問者であるというのは、どうやら嘘ではなさそうだった。誰もが、混乱状態の不安そうな表情である。それでなくとも、井上が実は昌彦の友人であり弁護士であったという事実に、まだ彼らは慣れていない。千次が受け取った手紙の件もある。彼らが、今度の来客も井上の仕業《しわざ》であると思っても不思議ではない。一人愛華だけが、大人たちの緊張を感じていないのか、はしゃいでいるように見える。

車が走り去る音が聞こえた。タクシーだったらしい。

誰も動く者はなかったが、決心したかのように小さく頷いて、更科がドアに向かって歩き出した。確かに、今ここで動き出すべき人物は彼女以外にいないようだった。

「はい。どちらさまでしょう」

更科が、いつも通りのきびきびした口調でインターホンに答えるのを、みんながじっと耳を澄まして聴いていた。そういえば、俺が来た時にはインターホンは使わなかったな、と井上は考えていた。あれは昼間だったからだろう。

「あら、まあ。どうなさったんですか、こんな時間に。え？　お元気ですよ。今、ここにいらっしゃいますよ」

インターホン越しに会話する更科の声は意外そうであり、一方で安堵したようでもあった。みんなが顔を見合わせる。

「羽澤澄子《すみこ》さんです」

更科が、インターホンを切り、みんなを振り返った。みんなの顔にも「えっ」という表情が浮かぶ。

「羽澤というと」

井上は、目をキラキラさせた少女を振り向いた。

少女は「ママだ！」と跳《と》び上がってドアに駆け寄る。

「なんだって彼女が今ここに？」

「わざわざこんな時間に、どうして」

ぼそぼそと不審そうな声が漏れる。みんなで、誰からともなく更科の後に続いて玄関にぞろぞろと出て行く。井上たちも後に続いた。

この少女の母親。井上は愛華の横顔を見る。

家庭に問題があってね。誰かがそう言っていた。どんな問題だろう。母親は、その問題に荷担《かたん》しているのだろうか？　しかし、そちらに注意が逸《そ》れたおかげで、井上に対する疑念は消えたようだ。安堵すべき状況だったが、一瞬心許《こころもと》ない感じがした。

何かがおかしい。

こういう勘は外れたことがなかった。

なんとなく、歯車がずれているような違和感。これまではほぼ予定通りだった。自分がハンドルを回して機械を動かしていると思っていた。しかし、今、どうやらハンドルを回しているのは、自分ではないという気がしてきたのである。この不安はどこから来るのだろう。もし自分でなければ、誰が回しているのだ？

無意識のうちに周囲を見回していた。長田と目が合う。彼も、予定が狂ったことに当惑しているようだ。井上は「落ち着け。任せろ」というように目で頷いてみせる。長田もかすかに頷き返す。もう、引き返すことはできないのだ、と井上は自分に言い聞かせた。

ドアがかちゃっと開き、一人の女が入ってきた。

どことなく遠慮したような、おずおずとした様子だった。

若いといえば若いのだが、どことなくやつれた印象がある。本当は三十代前半というところなのだろうが、光の加減ではもっと老《ふ》けて見えた。確かに彼女はなんらかの問題を抱えているらしい。よく見ると背は高いのに、猫背なのでそうは見えない。そればかりでなく、長期間に亘《わた》る精神的な疲労が、彼女をすり減らしているようだ。

しかし、愛華にはそんなことは関係なかった。歓声を上げて飛びついていくところを見ると、暫《しばら》く会っていなかったらしい。さすがに娘を腕に抱いた時は、彼女はホッと顔をほころばせた。が、その目は落ち着きなく周囲をさまよっている。戸惑っているといってもいい。

「どうしたんだい、澄ちゃん。こんな時間にわざわざ」

千衛が口火を切る。聞きたくてうずうずしていたようだ。

「え？　でも、私、呼ばれたんですけど」

澄子はためらいがちにそう言うと、上目遣《うわめづか》いに老人たちを見回した。井上と長田に気付き、驚いたような顔になる。知らない人間がいるとは思わなかったらしい。互いに中途半端に会釈をする。しかし、老人たちが「呼ばれた？」と繰り返したので、彼女はますますおどおどした顔になった。

「ええ。職場に電話があったんです。愛華がひどい熱を出したから、早くここに来るようにって」

「その電話には、澄子さんが出たのかい？」

千次が静かに尋ねた。

「いいえ。伝言でした」

「直接話はしてないんだね？」

「はい」

「相手は誰だったか聞いたかい？」

「いえ。そのう、年配の男性だったということだったので、あの、私、皆さんのどなたかだと思って」

澄子は恥じ入るような声になった。確認せずに来たことを後悔しているらしい。一方、千次は何事か考え込んでいる。他の者も千次の表情を窺っていた。

「誰もそんな電話はしてないよな。この通り、愛華だってぴんぴんしてるし。誰が掛けたんだろう、そんな電話。悪戯《いたずら》にしちゃあ随分えげつないよなあ」

協一郎が千次の顔を覗き込むように呟いた。千次に話をさせたいらしい。

「すみません、先にこちらに電話すべきでした。私、すっかり動転してしまって」

澄子は愛華を抱いたまま何度も頭を下げる。卑屈とも取れる態度に、井上は不快感に似た違和感を覚えた。

「とにかく入って休んでくださいな。今日は泊まっていけるんでしょう？」

「わあ、ママ、泊まってくれるの？」

更科が見かねたように中に入るよう促すと、愛華が歓迎の声を上げた。普段は別々に暮らしているらしい。少女の喜び方が、愛情の飢えをそのまま表していた。

「うん、まずは中に入ってからゆっくり話を聞こう」

千次もそう言って頷くと、それを合図にみんなでぞろぞろと奥の部屋に戻った。

「澄子さん、お部屋に荷物を置いてらしたらどうです？　愛華ちゃんは下の一番奥の部屋を使ってます。私の部屋は隣です。ベッドは大人用ですから、じゅうぶん一緒に寝られますよ。後で枕をお持ちしますから。荷物を片付けたらこちらの部屋にいらしてください。熱いお茶でも淹《い》れますから」

更科がそう言うと、澄子は感謝するように頭を下げて、腕にぶらさがった愛華と一緒にコツコツと鈍い足音を立てて廊下の奥に消えた。

どことなくぎこちない空気が流れる。

「なんだかおかしな話になってきたな。澄子までやってきたぞ」

千蔵が表情を強張《こわば》らせて思い出したように井上を見た。

「あんたが呼んだのかね?」

「誰をですか」

井上は落ち着いた声で答える。千蔵は目に不穏《ふおん》な光を宿らせている。彼は井上に詰め寄った。

「澄子だよ。何か目的があるんだろう?」

「私は、今があの人との初対面です。彼女のことは今の今まで知りませんでした」

そう答えてから、井上はふとひらめいた。

「彼女は、昌彦と何か関係があるんですか?」

そう尋ねると、千蔵がたじろいだ。

「そういえば、誰かが愛華ちゃんは昌彦の遠縁だと言っていましたね? そうなんですね? 彼女は、昌彦と血縁関係があるんですね?」

井上は勢い込んで逆に千蔵に詰め寄る。千蔵は慌てた。ヤブヘビになったことに気付いたらしい。

「血縁関係はないよ」

千次が静かに答えた。みんなが責めるように千次を見る。井上が期待していた客ではないと分かったので、みんなはこれ以上内輪《うちわ》の話をするのは避けたほうがいいと考えているようだ。

「じゃあ、どういう関係があるんです?」

「千次兄さん、あんまり余計なことは喋らないほうがいいよ。松岡《まつおか》さんを呼んだほうがいいんじゃないか?」

千衛が言いにくそうに井上の視線を避けた。松岡というのが朝霞家の顧問弁護士であることを、井上は昌彦から聞いていた。千衛の言葉に同調するように、老人たちはなんとなく千衛の周りに集まる。千次は動かず、ジロリときょうだいたちを見た。

「私は知りたいんだよ、『訪問者』が誰か」

「そりゃ、こいつだろう」

千蔵が顎を井上に向かってしゃくった。

「じゃあ、私に手紙を寄越したのは誰なんだ?　少なくとも彼じゃない」

「分からないぞ。自分で手紙を送っておいて乗り込んできたのかもしれない」

「そんなことをして何のメリットがある?　あのまま記者を装っていれば、もっとたくさんの情報をみんなから引き出して、峠昌彦の父親を見つけられたかもしれないのに」

千次はあくまで冷静だ。やはりこの男がキーパーソンらしい。

「それに、澄子までやってきた。この男が澄子を知らなかったというのは本当だろう。澄子を呼び出したのは誰だ?　誰かがここに昌彦の関係者を集めたがっている」

「昌彦とは限らないぜ」

突然、協一郎が口を開いた。

みんなが協一郎の顔を見る。協一郎は、意地悪そうな――そして、どことなく怯《おび》えたような表情でみんなを見回した。

「何が言いたい」

千次はかすかに首をかしげてみせた。

協一郎は小さく笑った。

「ここに集まってるのは、そのまんま千沙子の関係者でもあるじゃないか」

千沙子の名前が出ると、きょうだいたちにかすかに動揺が走った。千沙子の名前は、彼らに今も複雑な感情を引き起こすらしい。

「おまえも何かを蒸《む》し返したいのか?」

千蔵が苛立ちを滲ませて協一郎を睨みつける。協一郎は肩をすくめた。

「でもさ、みんな本当はずっと思ってただろ? 千沙子の死は事故死だと言われているけど、なんだか変じゃないかって。なんであの女が夜中に一人でボートなんか乗るんだよ?」

「その話はさんざんしたじゃないか。あの時、チサ姉は何かに悩んでて、一人でよくボートに乗って考え込んでたって」

千衛がうんざりした顔で言った。

「羽澤澄子はね、昌彦と同じ時期に『愛華苑』にいた子供だったのさ」

千次が井上の顔を見て言った。井上は驚いて長田と顔を見合わせる。

まさか、そんな幸運な偶然があるとは。昌彦の幼児期の話を聞ける相手が、向こうからやってきてくれるなんて。

いや、これは本当に「幸運な偶然」なんだろうか？

井上の心に、再び違和感が芽生《めば》えた。

後を引き取って説明したのは協一郎だった。

「真面目な子でね。ちょっとばかり暗くて地味だけど、まっとうな娘に成長したよ。千沙子が高校まで出してやってきちんと働いていたけど、残念ながら、どうも男運の悪い娘なんだな。結婚したはいいが、これがまた悪い男でね。最近の言葉で言うと、ドメスティック・バイオレンスってやつか。働かずに酒を飲んで暴力を振るう最低の男さ。だが、そういう奴のご多分に漏れず、妻がいないと一人では生きていけない。どっぷり妻に依存しているんだ。いなくなれば、酒を飲まない。更生するから戻ってきてくれと泣いて頼む。戻るとまた飲んで暴力を振るう。これの繰り返しさ。だから、彼女は子供を預けて旦那から逃げながら働いているんだ。更科さんを頼って、時々ここにも娘を預けている」

なるほど、あの疲弊《ひへい》して怯えた表情はそのせいか。

井上は納得した。『愛華苑』にいたくらいだから、身寄りはないのだろう。更科くらいしか頼れる人間がいなかったのだ。逆に言うと、更科という家政婦は本当によくできた人間のようだ。普通、血縁関係のない人間をここまでは面倒を見られないだろう。

「やっぱり、ここに澄子を呼んだ誰かは、千沙子の死について何か意見を持っている人間なんじゃないかな？　だって、千沙子が死んだ時、羽澤親子もいたものな」

協一郎はもう一度言った。

「それって、実はおまえのことなんじゃないか？」

千蔵が神経質な目で協一郎を見た。協一郎はギョッとした顔になる。

「俺？　そりゃ確かに興味はあるよ。だけど、言っとくが、俺じゃない。俺はこんな手の込んだ真似はしないよ」

平静を装って否定するが、内心、疑われたことがショックだったようだ。

「ふうん、そうかい」

千蔵は冷たい目で協一郎を一瞥《いちべつ》し、椅子にどすんと腰を下ろした。

「いったい何なんだ、これは。誰が何を企《たくら》んでるんだ」

千蔵はぼやいた。

「ねーえ」

突然、ねっとりした声が響いた。それまで黙っていた千恵子である。

「なんだ」

千蔵がうんざりしたように妹を見た。千恵子は、指先で、テーブルの縁をゆっくり撫でている。

「あんまり澄ちゃんの言葉を鵜呑《うの》みにしないほうがいいんじゃないのかしら」

その言葉には、思わせぶりな様子があって、みんながなんとなく彼女に注目した。

「どうして」

千蔵が、うんざりしつつもやはり興味を感じたのか声を掛ける。

「みんな、澄ちゃんが地味で真面目だって言うけど、あたしにはそうは思えないのよね」

「はっきり言え」

千恵子は、大人にこれから甘えようとする幼い少女のように上目遣いでみんなを見た。

「あの子、玄関先に着いて、すぐにタクシー返したわよねえ」

千蔵が「何を言うかと思ったら」と両手を広げた。

「こんなに暗くなってから、ここにタクシーが来てくれただけでも御《おん》の字だろ」

「だったら余計に変よ。愛華ちゃんが高熱出してるのよ？　あたしだったら、タクシーに乗せてそのまま病院に連れていこうと思うけどなあ。この辺りで車がなかなかつかまらないのは、澄ちゃんだってよく知ってるはずじゃない。なのに、あの子、愛華ちゃんの顔を見る前にタクシー返しちゃったわ」

千恵子は、みんなの頭に自分の言葉が浸透するのを見届けようとするかのようにのろのろと言葉を続けた。みんなも千恵子の言葉の意味を考え始めている。

「考えすぎじゃないか。気が動転してて、タクシーを待たせておくことまで頭が回らなかったのかもしれないじゃないか」

千衛が言った。

千恵子は意味ありげに千衛の顔をじっと見た。

「あの子、とってもよく気が付く子よ。無駄なことはしないし、よく考えて行動する子だわ。そんな子があんな旦那とくっつくなんて信じられないけど、逆にあんな旦那を持ったおかげでそうなっちゃったのかも。とにかく、あたしには、タクシーを待たせておかなかったのが腑《ふ》に落ちない。第一、知らない年配の男性からの伝言といったら、まず旦那を疑うはずよ。確認せずに飛んでくるなんて考えられないわ。悪いけど、お金には苦労してるだろうし。駅からここまで、タクシー、幾らかかると思って？」

千恵子は馬鹿ではない、と井上は思った。彼女の言うことにも一理ある。そう考えているのは他のきょうだいたちも同じらしかった。誰もが千恵子の言葉の続きを待っている。

「あの子、愛華ちゃんが熱なんか出してないこと知ってたのよ。電話があったっていうのも口からのでまかせかもしれないわ。ここに来る口実に、一番それらしいのを選んだんじゃないかしら」

「なんでそんなことしなきゃならないんだ？」

協一郎が目を細めて尋ねた。千恵子は首をかしげる。その仕草もまた、幼い少女のようだった。

「さあね。ここに来たかったんじゃないの」

「どうして」

「分からないわ。ひょっとして、そちらの弁護士さんと打ち合わせしてたのかなあって考えたりもして」

千恵子は粘りけのある視線を井上にも向けた。

井上は小さく手を広げてみせた。

「一事が万事。いったん嘘をついたら、何も信じてもらえなくなるのはよく分かりますが、それは違います。澄子さんの登場には、私は何も関係していません。でも、せっかくの機会ですから彼女にも話を聞きたいですね」

「昌彦の父親捜しだったな」

千次が思い出したように井上を見た。

「そうそう、あいつの遺言状を読んでくれるという話だったじゃないか。どうする、やっぱり松岡さんを呼んだほうがいいんじゃないか?」

千衛が千蔵を見た。千蔵は、逡巡していた。どちらかといえば、顧問弁護士を呼ぶほうに気持ちが傾いているように見える。

井上は心の中で舌打ちした。せっかくここまで入り込んだのに。

「話を聞いてからでも構わないじゃないか。彼は、昌彦の遺志を代表して来てくれている
わけだし。その内容が、我々の利益に何か影響がある時に松岡さんを呼べばいい」

千次が淡々と言った。井上は彼に感謝したい気分だった。

渋々ながら千蔵たちが頷いたのは、千次に賛成したというよりも、昌彦の遺言状に対する好奇心が勝っていたからに違いなかった。


遺言状を取り出す準備をしていると、更科が、早めに夕食にするのでもう少ししたら食堂に移動してほしいと言いに来た。

手伝いますと長田が申し出る。彼は大人数の食事に撮影現場のまかないで鍛《きた》えられていた。更科は慣れているから大丈夫だと断ったが、さすがに三人の大人が増えたので少し逡巡し、本当によろしければ、と申し訳なさそうに長田を連れていった。

なんとなく気をそがれて、遺言状の公開は食後に回されることになった。

全てが中途半端な、手持ち無沙汰《ぶさた》な時間。

親しく話すには疑心暗鬼だし、かといっていったん打ち解けた後だけに無視するのも具合が悪い。それぞれがお互いの顔を見ないようにして、よそよそしく椅子に腰掛けて黙っ

ている。

井上は、態勢を立て直そうと椅子の背にもたれた。

なんだか当初の思惑《おもわく》とずれてきている。千次に手紙を送ったのは誰か。『訪問者』とは誰を指すのか。澄子はなぜ現れたのか。

疑問を整理していると、ノックの音がした。

みんなの目がドアに注がれる。

さっき玄関で見た時よりも落ち着いた表情で、羽澤澄子が愛華と一緒に入ってきた。みんなに会釈をしながら、隅のソファに腰を下ろした。愛華はべったりとしがみついて離れない。一人遊びに慣れた、大人びた少女だと思っていたが、やはり母親は特別らしい。むしろ、あれだけ孤独に親しんでいるだけに、母親を求める気持ちは強いのだろう。

こうして見ると、すらりとして、なかなか品のいい女だ。やつれているのは確かだが、最初の印象とは随分違う。グレイのセーターに黒のパンツも、趣味は悪くない。

井上は、千恵子の言葉を思い出していた。

彼女は、澄子が娘の病気を口実にしてわざとここに来たという。本当だろうか。

澄子の顔をじっと観察する。

だが、さっき玄関で見た表情は本物だったように思う。子供の具合が悪くなったと聞いて、動揺しない親はいないだろう。離れたところにいる子供ならばなおさらだ。やはり、単に気が動転していたせいではないか。

井上は、立ち上がって窓のほうに歩いていった。

もはや外は真っ暗で何も見えない。タクシーでなくとも、こんなところまで運転してくるのは怖いだろう。窓に顔を近づけると、外の冷気が忍び込んできている。

ふと、雨が降っているのに気付いた。壁もガラスも厚いのでよく分からなかったが、耳を澄ますと風が出てきているようだ。ぱらぱらと窓にぶつかる雨の音もそれに混ざっている。この辺りは、夜や明け方に雨が降ると昌彦が言っていたのを思い出した。

暗い窓ガラスに、部屋の中の人々が映っている。

井上は、子供の相手をしながらも、澄子がチラチラとこちらを見ているのに気付いた。

その視線は、何か言いたいようでもあり、何か怪しんでいるようでもあった。

見知らぬ人の正体が知りたいのだろうか？　それにしては、奇妙な視線である。まるで井上のことを知っているかのような――

「――あのう」

この際だから自己紹介しようと振り向いたところを、先に声を掛けられた。

「はい」

井上は、こちらを見据える澄子の目にたじたじとなった。その目は鋭く、聡明《そうめい》さを湛《たた》えている。最初のおどおどした印象はどこかへ消え去っていた。

「ひょっとして、峠昌彦さんのお葬式にいらっしゃいませんでした?」

澄子の思わぬ台詞に、井上はびっくりした。

「あなたもいらしてたんですか?」

「ええ。私たち、幼馴染みだったんです。大人になってからは疎遠になってましたけど、急死の話を聞いてびっくりして」

澄子は婉曲《えんきょく》な言葉を使った。施設で一緒だったとは言いにくいのだろう。

「そうですか。私、峠昌彦氏の友人で、彼の弁護士もしていた井上と申します」

井上は本職のほうの名刺を出した。他の老人たちが、耳を澄ましているのが分かる。

「週刊誌のライターもやってらっしゃるんですよねえ」

千恵子が独り言を浴びせかける。どうやら、澄子に本職の名刺を渡したのが気に食わないらしかった。年寄りは、おかしなところで僻むものである。

澄子は千恵子の言葉にきょとんとしていたが、井上は取り合わず澄子に話し掛けた。

「よろしかったら、昌彦のことを聞かせていただけませんか」

「あの、どうして今日はこちらに」

澄子は恐る恐る尋ねた。

不思議な女だ、と井上は怯えた口調の澄子を観察した。印象がコロコロ変わる。臆病で虐《しいた》げられた女にも見えるし、おっとりした上品な女にも見えるし、鋭く聡明な女にも見えるし、今はまた気の弱い地味な女に見えた。

「私ですか？　実は、昌彦の遺言状を持ってきたんですよ。彼は身寄りがないので、一番近い家族というとこちらですから」

澄子は驚いた顔――というよりも怒った表情に思えたのは気のせいだろうか――で小さく叫んだ。

「遺言状？　彼はそんなものを残していたんですか？」

そんなもの、というのがどういう意味なのか引っかかったが、井上は表情を変えずに頷いた。

「ええ。身寄りがないだけに、普段から自分に何かあったらということを考えていたようです」

「ああ、なるほど。そうね。そうですね」

再び澄子の目からフッと光が消える。温度差がある女、という言葉が井上の脳裏に浮かんだ。やはり不思議な女だ。見てくれと中身が今ひとつ一致しない。

「最後に彼に会ったのはいつですか？」

井上が尋ねると、彼女は考え込む表情になった。

「もう随分前です。ちょっと思い出せないくらい。まだ彼が映画監督になる前ですから五年以上前ですね」

「そうですか」

井上は、まだ彼の父親の話はしないことにした。なんとなく、そのほうがいいような気がしたのだ。彼女が遺言状公開の場に参加するかどうか（千蔵たちがさせるかどうか、ということだが）分からないし、遺言状の内容を聞いたらどう反応するかも見てみたいと思った。

「愛華ちゃんはお父さん似ですか？」

井上は、ソファで大人しく座っている愛華に目をやりながら尋ねた。

「え？」

澄子はぎくっとした顔になる。一瞬、まずい話題だったかなと後悔した。暴力を振るう夫の話をされるのは嫌なのかもしれない。

「よく私とは似てないと言われるんです」

が、澄子は気を取り直して弱々しく笑った。

「でも、主人とも似てないんですよねえ。隔世遺伝かしらとも思うんですが」

澄子は愛華に視線を向け、言葉を濁した。施設育ちの彼女には、親の顔が分からないので、その辺りが判断できないのだろう。井上は、「へえ、そうですか」と当たり障《さわ》りのない返事をするにとどめた。

「そろそろ食堂に行こう」

千蔵が長男らしく宣言して腰を上げた。他の者もぱらぱらと立ち上がる。

「更科さんは、とても食事の支度《したく》が早いのよ。腕もかなりのものだし」

千恵子が井上に向かって艶然《えんぜん》と微笑んだ。

その微笑をどう取ってよいのか分からず、井上は中途半端な笑みを返す。

千恵子はそっと井上に近寄ってきて囁いた。

「本当の名刺、あとであたしにもくださいね」


食堂は、思ったよりも大きくなかったが、それでいてかなりの人数で食事ができる、ゆったりとした部屋だった。一枚板のがっしりとしたダイニングテーブルが二つ、並べて置かれている。奥のテーブルに千蔵、千次、千衛、千恵子、協一郎が座り、自然ともう一つのテーブルに井上、長田、澄子、愛華が座る形になった。もっとも、長田は更科と一緒にてきぱきと配膳を手伝っていたので、席に着いたのは最後だった。

千蔵が、ぎこちなく乾杯の音頭を取る。言葉にならない応答があり、なんとなく夕食が始まった。

食堂は二面に大きな窓があったが、その向こうには暗い湖が広がっているらしかった。

雨脚《あまあし》が強くなったらしく、耳を澄ますと雨音はさっきよりも激しくなっている。そのどことなく不穏な音が、千蔵の神経質な声とあいまって、食事の雰囲気を重苦しくしていた。

無理もない、と井上は思った。なんとも不穏なディナー。

誰にもまるで先行きの読めない夜を迎えようとしているのだ。

ビールのグラスに口をつけ、いや、どうだろうか、と考え直した。

もしかすると、この中に今夜のあらすじを書いた人物がいるのかもしれない。

「昌彦が亡くなったのもこんな夜だったわねえ」

暫く黙々と食事を続けていたが、我慢しきれなくなったのか千恵子が口火を切った。

みんな知らん振りをしている。千恵子がどう続けるか後を待っている気配だ。

「ねえ、あの時も雨が降ってたでしょ?」

千恵子は協一郎に同意を求める。

「ああ、そうだな。でも、俺たちが昌彦の事故を知ったのは翌日の夕刊でだったからねえ。リアルタイムではよく覚えてないな」

「雨でスリップして、車ごと川に落ちたんでしょう? 辺りは真っ暗だったし、寒い夜だったし、きっとあっというまだったんでしょうね」

千恵子は、ぱちぱち瞬《まばた》きをしながら井上に話を振ってくる。

井上は思わず苦笑した。たいしたもんだ、このばあさんは。

「そうですね。事故があったのは、見通しの悪い一車線の道路でした。検死の結果、即死だったことが明らかになっています。苦しまずに済んだのは幸いでしたね」

井上はさらりと答えた。

「昌彦はどこに行こうとしていたんだ？」

協一郎が誰に言うともなく疑問を発した。

「なんでしたっけ、ほら、ロケハン？　次の映画の撮影に使う場所を探しに行ったのよね？」

千恵子が再び井上の顔を見る。

井上は頷いてみせた。

「じゃあ、つまりさっき言ってたあれだね、『象を撫でる』。あれのロケハンだったたってわけか」

協一郎も井上を見た。いつのまにか、みんなが井上に注目している。

食後にしようと思っていたが、井上はそろそろ話すべき時が来たと感じた。みんながそれを望んでいる。

「私は、事故の前日に彼と電話で話していました」

井上はずばりと本題に入った。みんなが食べるのを中断する。

煮物を配っていた更科が、ちらりと井上を見るのが分かった。ビールを取りに行った長田も彼を見ている。

「彼は、『象を撫でる』で使う場所をずっと探していました。さっきも少しお話ししましたが、『象を撫でる』は彼の自伝的要素をふんだんに取り入れる作品になるはずでした。そのため、自然と彼が幼児期や青春時代を過ごした場所を訪れることが多かったようです」

澄子が顔を上げて、井上を見た。

「あの日、彼は、ここを訪ねる予定だと話していました」

井上は淡々と続けた。今や、みんなが手を止めて井上の話に聞き入っていた。

「ここに来る途中で事故に遭《あ》ったと?」

千次が低く呟いた。井上はこっくりと頷く。

「もしくは、ここを訪れたあとに。彼は、ちょっと確認したいことがあるから、夜明け前に湖に着きたい、と言っていました。私はずっと、それは映画のアイデアに関することだと思っていたんです」

井上は言葉を切り、ぐるりと他の面々を見回した。彼が何を言いたいか、誰もが予想しているはずだった。

「けれど、ここに来て、先ほどの宮脇氏の話を聞いて考えが変わりました。もしかすると、彼は、朝霞千沙子氏の事故について何か思いついたことがあったのかもしれません」

「おい、君」

協一郎が慌てた声で井上に向かって小さく手を振った。

「まさか、千沙子を殺した犯人が、昌彦も殺したなんて言い出すんじゃないだろうな？」

「馬鹿馬鹿しい」

千蔵が一喝《いっかつ》した。

「協一郎、君のせいだぞ。こんな馬鹿馬鹿しい話が飛び出すなんて。千沙子も昌彦も不幸な事故だったんだ。今更ＴＶドラマみたいな安っぽい犯罪話をでっちあげるのは御免蒙《こうむ》る」

「馬鹿馬鹿しいだって？」

今度は協一郎のほうがカチンと来たらしい。

「そりゃあ、あんたは千沙子が死んで喜んでるからこのままにしときたいだろうけど、誰だってちょっと考えればおかしいと思ったはずだ。みんな不思議がってたじゃないか。千沙子があんな死に方をするなんて」

「喜んでるだと？」

千蔵の顔がみるみるうちに紅潮した。

「口を慎《つつし》め。いつ私が喜んだ？　確かにあいつが煙ったい、苦手な存在だったのは認めるが、あいつは私の姉なんだぞ。あんまりじゃないか」

協一郎も、さすがに失言だと思ったのか、慌てて謝《あやま》る。

「いや、そんなつもりじゃや。申し訳ない、口が滑った。すまん、あんまり頭ごなしに否定されるもんだから」

「兄さん、怒らないで。悪気はないのよ。でも、千沙ちゃんとあんたが犬猿の仲だったのは認めるでしょ？　だからといって、別にあんたが千沙ちゃんを殺したと言ってるわけじゃなし。もし千沙ちゃんが誰かに殺されたとしても、千沙ちゃんを目の上のたんこぶに思ってた人は社内にも外にも結構いたんだから、あたしはそんなに驚かないわ」

千恵子が宥《なだ》めるように千蔵に声を掛けた。しかし、その内容は結構辛辣《しんらつ》であり、むしろ千蔵を名指ししているようにも思えるのは気のせいだろうか。また、彼女は暗に千沙子に敵が大勢いたと言っているのだ。もちろん、資産家である名家で、多くの企業グループを率《ひき》いていた人間が、誰からも恨《うら》みを買わないほうがどうかしている。

「昌彦は何を考えていたのかな。あいつは、成人してからはここには一度も来たことがないはずだ。それなのに、何を思いついたというんだろう」

千次が呟いた。

それは、井上の知りたい答えでもあった。

昌彦は親友だった。今もそう信じている。しかし、彼はあまりにも秘密主義だった。

あの謎めいた声。彼は憶測では決してものを言わない男だった。そんなところに惹《ひ》かれていたのも事実である。

けれど、憶測でもなんでもいいから、もうちょっと考えていたことを話してくれればよかったのに。父親の名も、夜明けの湖のことも。そうすれば、今ごろ何かのヒントになっていたはずなのだ。

井上は、唐突に激しい焦燥《しょうそう》に駆られた。

千次が顔を上げて井上を見る。

「君は、さっき、昌彦は自分の死を予期していた気配がある、と言ったね。それはどこからそう感じたのかね？」

井上は頷いて、胸ポケットから封筒を取り出した。

ずっと重さを感じていた封筒。

「彼の遺言状です。一部を読み上げます」

しんと食堂が静まり返った。雨と風の音だけが、遠くなったり近くなったりして地鳴りのように響いている。

この世にこの部屋だけがあるように感じた。

「私、峠昌彦が不慮の事故等で死亡した場合、私の映画、ビデオ、著作等の著作権継承者は私の実父とする。実父は朝霞千蔵、朝霞千次、朝霞千衛、宮脇協一郎のいずれかである。この四人が揃《そろ》ったところでこの告知を行う。ただし、実父が、峠昌彦の顧問弁護士井上唯之に、井上唯之がこの遺言状の内容を告知してから三日以内に名乗り出ない場合、峠昌彦の著作権継承者は井上唯之とする」

一言も聞き漏らすまいとみんなが神経を尖《とが》らせている。

井上はいったん言葉を切った。

「おかしな遺言だな」

千蔵が顔をしかめた。

「遺言状の内容を告知してから三日以内、っていうのは、なんだい、要するに、今日から三日以内ってことかい?」

千衛が確かめる。

井上は頷いた。

「そうです」

「でも、この中に実父がいるかどうか分からないじゃないか」

「彼はこの中にいると確信していたんです。逆に、もしこの中に父親がいない場合はそれでもういいのです。彼は、この中に父親がいるという信念を基にこの遺言状を作成したのですから」

井上がきっぱりと答えると、改めて食卓に気まずい空気が流れた。

「名乗り出てはいただけませんか?　彼の著作権を継承していただきたいのですが」

井上は半ばあきらめながら男性陣の顔を見回した。しかし、誰も表情を変える者はない。

落胆と焦りを感じずにはいられない。

昌彦の勘違いなのか?

井上はじりじりしながら、昌彦の顔を思い浮かべていた。

澄子と愛華も、じっと井上の顔を見ている。

井上は失望を隠せなかったが、再び口を開いた。

「まだ時間はあります。本日から三日以内です。私に個人的にお話しいただいても結構ですので、よろしくお願いします」

井上は軽く頭を下げたが、誰も動かなかった。

井上は、小さく咳払いをした。

「更に、続きがあります——私、峠昌彦が朝霞千沙子から相続した元朝霞の丘児童苑の湖も、実父に譲るものとする。実父が名乗り出ない場合は、後に明記したナショナル・トラスト運動団体に買取を依頼すべく、井上唯之が交渉する」

空気がほどけた。

「湖? 湖だって?」

千衛が素っ頓狂《すっとんきょう》な声を上げた。

みんなが一斉に真っ暗な窓の外を見る。この内容は、さすがに彼らを驚かせたようだった。

「はい」

井上は、何食わぬ顔で頷いた。

「あの湖を、峠昌彦は朝霞千沙子から相続したそうです。もっとも、金銭的な価値はほとんどないので誰にも注目されなかったようですが」

「知ってた？　そんな話」

「いや、初耳だ」

「この洋館は話題になったけど、湖なんて」

「どうして湖を？」

みんなが一斉に話し始める。井上はみんなに話させておいた。何かヒントがないかと、みんなの話す表情や、内容に神経を尖らせる。

「例《たと》えば――例えばの話だが」

千衛が控えめな口調で切り出した。

「例えば、この湖に何か沈んでいたとして――それも、昌彦のものになるんだろうか？」

みんながハッとして千衛の顔を見た。

井上はみんなの表情に気付かぬふりをして頷いた。

「そうですね。恐らく、そうなるでしょう」

「でもさ、石油だって採掘権とかあるじゃないか。あと、落とし物を拾った場合もその人のものになるだろう？　誰かが湖から何か引き揚《あ》げたとしたら？」

千衛の目が熱心になる。

井上は考えた。

「そうですね――石油ならともかく――ええと、逆に、何かを引き揚げたとして、それをこの湖から引き揚げたということが証明できなければ、それが峠昌彦の湖のものだと主張するのは難しいでしょうね」

「ああ、ああ。そりゃそうだよな」

千衛は満足そうに大きく頷いた。

「何考えてるのよ」

千恵子が千衛の顔を覗き込む。

「いや、別に。しかし、チサ姉もよく分からないな。なんだって、あんな湖を」

千衛はとぼける。

何か、どんよりと、しかし、熱っぽい空気が辺りに漂《ただよ》った。井上は老人たちの表情を見守る。

突然、部屋の中が白くなった。

「わっ」

一呼吸置いて、ズーンという地響きが鳴る。一瞬、建物全体が震えたようだった。かなり近いところに雷が落ちたようである。

「雷だ」

「こんな冬の夜に」

「この辺りは多いのよ」

ガタッ、と椅子を引いて愛華が立ち上がった。椅子が床とこすれる音が響く。

その様子は、妙に人目を引くところがあった。

みんなが愛華に注目する。

愛華は大きく目を見開き、じっと窓を見つめていた。

その瞳の色を見て、井上は思わずゾッとした。


この世ならぬものを見据える目だ。


愛華は瞬きもせず、窓の外の闇を見つめている。

「どうしたの、愛華？」

澄子がおろおろして愛華の顔を見る。

「大おばちゃま」

「え？」

「今、窓の外にいたわ」

「なんですって？」

「今、光った時に、大おばちゃまの髪の毛が見えたわ」

あまりに愛華が真剣な表情だったので、昼間は「夢だ」と片付けた大人たちも、誰も口を挟むことができなかった。

「愛華、大おばちゃまって誰か分かってるの？」

澄子は娘が突然おかしなことを言い出したので、周囲の視線を気にしながら、たしなめるように言った。

が、愛華はムッとしたように母親の顔を見る。昼間も同じことを言われたので、カチンと来たらしい。

「大おばちゃまは大おばちゃまよ。間違いないわ」

「外に立ってたって？」

千次が立ち上がり、窓に近寄るとガラスに手を当てて外を見た。

周囲に民家もないので、カーテンを閉めていないのである。

室内の明かりで何も見えないのか、千次は立つ位置を変えて外を見ていたが、何かが見えた様子はなかった。

「いたか?」

「いや、見えない」

他のメンバーも立ち上がり、窓の外に目を凝《こ》らす。

井上も立ち上がって窓の外に目をやった。

と、再び白い閃光《せんこう》が走った。

「うわ、凄い」

「近いぞ」

思わずみんなが手を上げた瞬間、井上は自分の目を疑った。

背筋をふわっと何かが走る。

ほんの一瞬。白く照らし出された湖のほとりに。


人影が立っていた。長いスカートを穿《は》いた女。

後ろ姿だ。頭の後ろに、小さなお団子が見えた。

戦慄《せんりつ》と衝撃を感じながらも、井上は思わず窓に駆け寄っていた。

どーん、という重い地響き。

「いた。いたぞ、あっちに」

「何だと？」

「私も見た」

珍しく、千次が興奮した声で叫んだ。井上と顔を見合わせる。

「女だ。長いスカートを穿いていた」

「頭を後ろでまとめて」

二人で同時に話し始め、俄然《がぜん》食堂が騒がしくなる。

「雨合羽《あまがっぱ》は？　懐中電灯も」

「落雷に気を付けないと」

「やめて、外に出るつもりなの？」

「当たり前だ」

女たちは外に出ようと身支度する男たちを必死に止めたが、男たちの勢いは止められない。それまでの停滞ムードがいっぺんに吹き払われ、興奮と高揚で明るくなったような気がした。

食事もそこそこに、上着を羽織《はお》って男たちは我先にと外に出た。

しかし、興奮はたちまち萎えた。激しい風雨が、顔や身体に叩きつける。ろくに進むのもままならない風の強さと雨の冷たさに、みんながひるんだ。

しかも、懐中電灯の光など、巨大な闇の中では何の役に立ちそうもない。足元に向けてみても、弱々しいモノトーンの風景を正体不明のままぼんやり滲ませるだけである。

男たちは闇の中を右往左往した。暗い湖のほとりには人の姿などどこにもない。

井上も、女の姿が見えた辺りを闇雲に駆け回ってみたが、人っ子一人見えない。もっとも、こんな風雨の中、ちょっと離れてしまえば足音も人影も闇に紛《まぎ》れてしまうだろう。叩きつける雨。痛い。凶暴な風は、頬を打ち、身体にまとわりつき、行く手を阻《はば》む。

洋館の周りをぐるぐる回り、敷地内を駆け巡ってみたが、怪しい女の姿はどこにもなかった。

男たちが右往左往したのちに合流する。

「確かに見たんだ」

「私もだ」

井上と千次は、闇の中で大声を張り上げ、他の男たちにアピールした。

しかし、ほんの十数分駆け回っただけで身体は冷え切ってびしょぬれで、誰もが捜索意欲を失っていた。

「二人揃って幻でも見たんじゃないか」

「まだそんなに酒は入っていないはずなのに」

協一郎と千衛がぶつぶつ嫌味を言いながら、玄関に入っていく。

「いや、そんなはずは」

井上はそう呟いて、千次の顔を見た。千次も、自分が見たものを反芻《はんすう》している表情である。

確かに見た。閃光の中の後ろ姿。白い人影。あれは、人間だった。後ろにまとめた髪もはっきり思い出せる。

その時だった。

長い金切り声が闇を切り裂く。

みんながびくっとしたように動きを止めた。

次の瞬間、きょろきょろと辺りを見回す。

「なんだ、今のは？」

「悲鳴だよな」

「男の声のような気がしたが」

「まさか、中では」

玄関にどやどやと踏み込むと、食堂から三人の女たちが身を寄せ合って出てきた。

「今、変な声が」

「外からよ」

千恵子と澄子が、青ざめた顔で玄関の男たちを見る。

「外？」

「ええ。中じゃありません」

更科がきっぱりと答えた。

男たちは再び外に出た。

漆黒の闇。吹き付ける雨。雨が降っているというよりも、洗濯機の中にいて、上下左右から雨を叩きつけられているみたいだ。

「裏庭のほうに回ってみよう」

千次が懐中電灯を手に、先頭に立つ。

「どうも、上のほうから聞こえてきたような気がするんだが」

ずぶぬれの男たちは、列を作って屋敷の周りを半周した。

再び、閃光が走る。

「あっ」

ほぼ同時にみんなが声を上げた。

食堂の窓の外に、横たわる影を目撃したのである。

歩調を弱め、警戒しながら進む。

「誰だ？」

「男だ」

懐中電灯の弱々しい明かりが、窓の下におかしな格好で倒れている男の背中を照らし出した。かなりがっしりした男である。

「あそこから落ちたたな」

千次が空を見上げた。みんなもつられて上を見る。

目に雨が吹き込んできて、井上は思わず顔をしかめたが、屋根からぶらさがっているロープが目に入った。

「あんなところで何をしようとしていたんだ?」

「泥棒か?」

口々に言いながら、男たちは足元に横たわる男を気味悪そうに見下ろした。

「駄目だ、死んでいる」

長田が男の首筋に触れ、まぶたを開いて懐中電灯の光を当てて診《み》ていたが、やがて首を左右に振った。

「この男に見覚えは?」

長田がみんなを見回すと、みんなは顔を見合わせ、首を振った。

「いったいどういうことだ?」

千蔵がいまいましげに呟いた。

「一つ言えるのは」

千次がチラッと井上を見た。

「また新たな訪問者が来たってことだけだ。この男が手紙に書かれていた『訪問者』なのかもしれない」

みんながほんの短い時間だけ目を合わせたが、誰も口を開く者はいなかった。

第三幕　ちいさいおうち

来客を告げるベルが鳴った。

更科裕子は、ハッと顔を上げた。

どうやらうたたねをしていたらしい。

キッチンの隅にある小さな机。もう何年ここに座ってきたことだろう。一休みしたり、ちょっとした針仕事や書き物をするのに便利で、彼女にとっては心が安らぐスペースだった。一瞬、今がいつなのか頭が混乱する。

いけない、いつのまにかうとうととして。

更科は目をこすり、椅子の上で身体を起こした。

反射的に、キッチンの入口の上の壁掛け時計を見る。

十時二十分。今は、午前、それとも午後？　更科は迷ったが、その時突然、今日これまでの記憶がいっぺんに蘇ってきて、思わず腰を浮かせた。

そうだ、なんとも気味の悪い男の死体が外にあったのだ。

ひょいと千次が入口に顔を覗かせたので、更科は「何か」と立ち上がった。

「いや、今、ベルが鳴ったんだが、聞かなかったかね?」

訝《いぶか》しげな顔で千次が呟く。

「すみません、あたし、今ちょっとうとうとしていて」

「ああ、いい、いい。サラさんはそこにいてくれ」

ベルの音? それでは、あれは夢の中の音ではなかったのだ。

ほんの少し前に見ていたあの暗い夢、過去の澱《おり》から浮かび上がってきたあの夢——

更科は夢の中に引き戻されたような気分になった。壁掛け時計がぐにゃりと歪《ゆが》んで見える。

ザアッという激しい雨音がして、千次がドアを開けたのが分かった。

まだ激しい雨は続いている。更科の脳裏に、食堂の窓の外でみんなが見下ろしていた物体が浮かんだ。ふと、心の中にぽつんと疑惑が浮かんだ。ああ、あれは。あの男は。まさか、そんな。

心臓がどきどきと大きく打ち始める。

それにしても、今夜は何という夜だろう。こんなに次々と思いもよらぬ人がやってくるなんて。

ドアが閉まる音がした。雨の音が遠くなる。

なかなか千次が戻ってこないので、更科はそっと玄関口を覗いてみた。

千次が、玄関の前にじっと立って手元を覗き込んでいる。

「どうなさったんです？　誰かいらしたんですか？」

「いや、誰もいなかった」

千次はこちらを見ない。何を見ているのだろう？

更科はなぜか千次の後ろ姿に胸騒ぎを感じて、おずおずと彼のそばに近寄っていった。

千次はじっと手に持った小さな象を見つめていた。

「それは？」

更科は木彫りの象をしげしげと眺めた。かなり年季の入った古いものだ。かすかに残っている模様も古めかしいし、さんざん人の手が触れて黒ずんでいる。どこかで見たことがあるような気がするのだが。

「これが、そこの、玄関を出たところに置いてあったんだよ」

千次が当惑した声を出した。

サロンには、どんよりしたムードが漂っていた。

「どうだった、次ちゃん？」

「本当に鳴ったかね、ベルは」

「誰かが来ていたことは確かだよ」

千次が、中央のテーブルにことんと木彫りの象を置いた。

「なんだい、そりゃ」

千衛が怪訝そうに身を乗り出す。

「ドアの外に置いてあった」

「おい、本当に？」

「誰が置いたっていうんだよ」

「分からん」

隅に座っていた井上唯之は、テーブルの上の象に目をやった。

なんだ、あの象は？

井上は近くに座っていた長田に目をやった。長田も、ちらっと井上を見て首を振る。


それにしても、奇妙な展開になったものだ。

井上は、サロンで座っている老人たちを見ながら、たった数時間前の自分を信じられないもののように思い出していた。

最初は、企みを持って、乗り込んだはずだった。彼らを騙し、情報を引き出し、意気揚々《ようよう》と昌彦の遺志を叶《かな》えるはずだった。しかし、今の状況はどうだ。いきなり現れた死体。千沙子の幽霊。すっかりもくろみが外れた上に、今は彼らと一緒に困惑しているのだ。

井上は冷静に考えようと努力した。いったい誰が今夜のシナリオを書いたのだろう?

「そっ、それは」

突然、裏返った声がサロンに響いた。みんなが声のした方角を見る。

羽澤澄子だった。その表情は、異様にすら思えた。

愛華を寝かしつけてから、彼女はサロンに戻ってひっそり座っていたのだ。

顔は、恐怖と驚愕で白く斑《まだら》に見えた。まぶたがぴくぴくと動いているさまは、どこか滑稽《こっけい》ですらある。極限状態にある人間の表情というのは、笑顔に似ているな、と井上はどこかで考えていた。

「なんだい、澄ちゃん」

「それ、昌彦さんのです。子供の頃、彼が持ってました。ずっと昔、それで一緒に遊びました、あたし」

「なっ」

みんながぎょっとしたようにその象を見た。

「でも――でも、それ、お葬式の時、お棺に入ってました。彼と――一緒に」

澄子の声がかすかに震えた。

「それが、今、玄関の、外に、置いてあったと？」

千蔵がゆっくりと言葉を切りながら念を押した。

千次が頷く。

「うん。玄関のベルが鳴ったんだ。出てみたら、これが」

「じゃあ、また外に誰かが来たと？」

「人影はなかった」

部屋に不穏な沈黙が下りた。

「あの男を殺した奴なんじゃないか？」

協一郎が呟いた。

「さっき、周りを見たけど誰もいなかったじゃないか」

「隠れる場所なんて幾らでもあるだろう。俺たちが中に入るのを見計らって、また出てきたのかもしれない」

「もう一度、見るか？」

「どうせ見つけられないなら、外に出ないほうがいい」

「いったい何がどうなってるんだ」

「そもそものことの始まりは、やっぱりそいつらが来たからじゃないか？　どういうことなのか説明してもらおうじゃないか」

苛立ちが募るにつれ、混乱と不安のはけ口は、やはり井上のところに回ってきた。みんなの不信感を露にした視線を受け止めながら、井上は膝を押さえ、ゆっくり立ち上がった。

さっきからこんな混沌《こんとん》状態が続いている。誰もが苛々している。なるべく皆をクールダウンさせなくては。

「私たちが疑われるのも無理はないと思いますが、困惑しているのは私も皆さんと同じです。私はあくまでも昌彦の遺志を果たすのが目的だったのですから」

井上は老人たちを見回す。みんな、不貞腐《ふてくさ》れたような、頑固な表情になっていた。一人、千次だけが最初に会った時からのポーカーフェイスを崩さない。

「もしよろしければ問題を整理させていただきたいのですが、いかがでしょう。どうやら、話は単純ではないらしい。我々だけでなく、そちらにもいろいろな事情がおありのようだ。お互い、事実関係を確認するというのは？」

井上は、再びみんなを見回した。否定もしなければ肯定もしない。

「澄ちゃん、愛華は眠ったかね？」

おもむろに、千次が澄子を振り返った。澄子はおどおどした表情で頷く。

「部屋の戸締まりはきちんとしてあるだろうね？」

「ええ」

「なんだよ、次ちゃん」

緊張した表情で頷く澄子の顔を見て、千衛が不安そうな顔で声を掛けた。

千次は相変わらずしれっとした顔だ。

「一応、外からの侵入には気を付けたほうがいいと思ってね」

「よせよ、物騒な」

「既《すで》に物騒になってる」

「まあ、そうだけど」

「それにしても、奇妙な状況だ。偶然なのか、故意なのか」

千次は呟き、サイドボードからウイスキーのボトルを取り出した。

「おい、千次、飲む気なのかい？　酔っ払っちまうのはまずかないか。また何かあるかもしれないし」

千蔵が顔をしかめた。千次は小さく肩をすくめる。

「舐めるだけさ。少しリラックスして考えないと。君もどうかね」

千次が井上にグラスを差し出したので、井上は意外に思ったが、素直に受け取った。

「彼が酔っ払う分には構わないだろ？　何か企んでいるのなら、動きが鈍くなってちょうどいいかもしれないぞ」

千次は皮肉を込めて周囲の老人を見回した。千次は、井上の話を信じてくれているらしい。みんなは何も言わず、それぞれが両手を広げ、文句のない旨《むね》を表した。

「俺も貰おう。澄ちゃんもどうだい？　さっきから顔色が悪いぞ」

協一郎が立ち上がり、千次が酒を作るのを手伝った。

結局、更科裕子以外はみんながグラスを手に取った。誰もが、ずっと緊張しているのに疲れたのだろう。

「最初に確認です。明朝まで警察を呼ばない、というのは皆さんの一致した意見なんですね？」

なんとなく身体を寄せ合うように座り、雰囲気が落ち着いたところで井上が話の口火を切る。

みんながなんとも中途半端な表情で互いの顔を見る。

誰もが死体のことを考えていた。

食堂の窓の外に、今も放置された死体。

それは、男の死体が外で見つかった時から、ちらちらと出ていた話題であった。家の外で、見知らぬ男が死んでいた。家に侵入しようとして、屋根から落下した事故死であることは明白だ。近隣では知らぬ者のない、旧家朝霞邸での事件である。地理的要因である程度時間は掛かるが、呼べば、警察はすぐにやってくるだろう。果たしてそれがよいことなのか。警察にかき回され、あることないこと聞かれ、めちゃめちゃになるだろう。彼らが躊躇《ちゅうちょ》したのは、今自分たちが宙ぶらりんの状態にあったからだった。

現在、この家には複数の客がいる。客たちが、朝霞家とどういう関係にあるのか、なぜここにいるのかも聞かれるだろう。その時、誰も一貫した説明ができないのは明らかだった。たまたま若くして亡くなった映画監督の友人が訪ねてきて、彼の父親捜しをしていた、などと言って警察が信じるだろうか？　あの死体を、彼らのトラブルと結びつけるのではないか？　それが重大な懸念なのは、井上たちも同じだった。

「この天気だし――あたしたちが男の死体に気が付いたのは朝になってからだったって言っても構わないんじゃなくて？」

警察はどうする、と千蔵が言い出した時、そう言ったのは千恵子だった。

みんながなんとなく口に出せなかったことを代表して言った感があり、男たちの間に後ろめたく思いつつも同意する雰囲気があったのは否《いな》めない。

「だが、このままにしとくのもねえ――何かかぶせとくか？　ビニールシートでも」

「馬鹿ねえ、そのままにしとかなくちゃ、あたしたち、嘘ついたことになっちゃうでしょう」

「でもさ、さっき俺たちが付けた足跡がいっぱい残ってるぜ」

「明日の朝、もう一度みんなで足跡を付ければいいでしょう。ゆうべの嵐がひどかったんで、朝になって家の周りを点検していたサラさんが死体を見つけて、みんなが慌てて駆けつけたってことにすればいいのよ」

　更科がぎょっとしたように千恵子を見た。千恵子は、第一発見者の役を更科に押し付け、偽証をさせる気でいる。そういうところが勝手で鈍感な女だが、確かにそれが一番自然な経緯だろう。

「まあ、そういうことになるな」

　千蔵が言いにくそうに同意した。彼も、更科に偽証を促したことになる。更科は一瞬割り切れないような表情になったが、やがてあきらめたように無表情に戻った。

「それで、本当にどなたもあの男に見覚えがないんですね？」

　井上は念を押した。千蔵が白けた顔で井上を見る。

「君らの仲間じゃないのかね？　昌彦の父親捜しなんて話をして我々の注意を引いている間に、盗みの手引きをしてたんじゃないか？」

　井上は苦笑した。ここで挑発に乗っても仕方がない。辛抱強く答える。

「だったら、最初から名乗ってきていますよ。そのほうが簡単じゃないですか。皆さんにそういう猜疑《さいぎ》心を起こさせることもないし」

「その理由は君も言ったろ。うちの弁護士が同席するのが怖かった。もし同席すれば、君が偽《にせ》弁護士だということがバレてしまうからだ」

千蔵は、いったん疑い出すと、きりがないタイプのようだ。

「あのう」

そこで、恐る恐る口を挟んだのは、更科だった。

「どうした、サラさん」

「いずれは分かることだから、今言ったほうがいいと思いますが」

更科は、そう呟きながらもチラチラと澄子を見ていた。

澄子は更科の視線に気付き、目に見えて狼狽《ろうばい》した。

「ね、澄子さん」

更科がそう声を掛けるか掛けないかのうちに、澄子はぶるっと身体を震わせ、両手で顔を覆いワッと泣き出した。

「なんだなんだ」

みんなが面食らった表情で澄子を注視した。

更科は深く溜息《ためいき》をつく。

「――あれは、澄子さんのご主人です」

泣きじゃくりながら澄子が語ったところによれば、彼女の職場を突き止めた夫がいきなり押しかけてきたのは、今日の午後のこと。彼は、どうやって調べたのか、愛華がこの家にいることまで知っていた。彼女を無理やり職場から連れ出した夫は、彼女をナイフで脅《おど》しながら、一緒にこの家に来るよう強要した。二人はタクシーでここまで来たが、夫は一人手前で降り、澄子に愛華が病気だと聞いたと言って、住人を二階に引き止めておくように脅した。もし澄子が言うことを聞かなければ、愛華を殺すというのである。彼は非常に金に困っていて、彼から逃げながら娘を育てている澄子からも大した金を引き出せないことも承知していた。そこで、朝霞家から金目《かねめ》のものを盗み出そうとしたのである。夫は、家の間取りを澄子から聞き出し、二階に千沙子の部屋があることを確かめていた。一番金目のものがあるのはそこだと思ったのだろう。悪天候に乗じて屋根に登り、上から二階に侵入しようとしていたのは間違いなかった。

申し訳ありません、申し訳ありません、としきりに頭を下げる澄子に、みんなは言葉もなかった。

「なんとまあ、危ないところだったねえ」

「怖いわねえ。こんな夜に、もし押し込まれていたら」

「下手すりゃ居直り強盗になってたかもしれないってわけだ」

「天罰が下ったんだよ」

「俺たちは、澄ちゃんの旦那には会ったことなかったからな。顔を見ても分からなかったわけだ」

安堵と憤《いきどお》りとが弾《はじ》けて、老人たちは饒舌《じょうぜつ》になった。

道理で、最初から澄子の表情が不安定だったわけだ。千恵子が言ったように、いきなりタクシーを帰してしまったわけや、職場に電話があったという言い訳の不自然さも、これで頷ける。

澄子は隠し事を吐き出してホッとしたのか、呆《ほう》けたような表情で涙も拭《ぬぐ》わず手を握り合わせて座っていた。強張った両手に、身体の緊張が解けていないことが窺える。こんな形で夫から解放されたというのが信じられないのだろう。

「しかし、だとすると、やはり警察に連絡しないのはまずいことになるな」

千次が渋い表情になった。

「なんで？　別に問題はないだろ。金に困った亭主が、逃げた女房を追いかけてきて、押し入ろうとして失敗した。そういう事件だろう、これは」

協一郎が両手を広げてみせる。

「でも、澄ちゃんは、亭主と一緒にタクシーに乗ってきている。そのことが分かったら、それこそ彼女が亭主の手引きをしたことになってしまう」

その時、キッと澄子が顔を上げた。

「いいんです、実際あたしが手引きをしようとしたのと、結果としては同じなんですから」

思いがけずしっかりした声で答える。

「そのことはあたしが警察に説明します。いつ押し入ってくるか、いつ押し入ってくるかと一晩中びくびくしていたんだけど、今朝になったら死んでいたので驚いたって」

みんながホッとした顔になった。澄子が死体に対する責任を負ってくれることになったことへの安堵だろう。

「澄子さん、やっぱり、シートか何か掛けてあげたほうが――さんざんひどい目に遭わされたんだろうけど、それでも、ね」

更科がためらいがちに申し出た。

澄子は大きく左右に首を振った。

「いいんです、もう、あんな男。もしかしたら、皆さんの命を危険にさらしていたかもしれない。あの男だったら、本当に愛華を殺していたかもしれないんです。いいんです、あのままで。動かしたりしたら、余計な疑いを招くかも」

震える声でそう呟くと、澄子はまた新しい涙が溢《あふ》れてきたのか頬を乱暴に拭った。

誰もが、雨ざらしになっている、食堂の窓の外の死体を思った。

澄子の口調はきっぱりしていたが、かつては夫だった男が不慮《ふりよ》の死を遂《と》げたのだ。思いは複雑だろう。


不慮の死。


しかし、井上は、いつのまにか注意深く澄子の表情を観察している自分に気付いた。

澄子の夫は勝手に屋根から落ちた。その時、澄子は中にいたし、夫の事故死はここにいるみんなが証明してくれる。

これは、彼女にとっても夫を消す絶好のチャンスだったのではないか？　彼女は夫に脅されて一緒にタクシーでここまで来たと説明した。これは、こう言い換《か》えることもできる。彼女は夫に朝霞家から金目のものを盗み出すよう誘い、一緒にタクシーでここまで来て、自分は他の住人の目を引きつける役を演じた。どちらも、見た目は同じだ。

悪意に満ちた意見なのは百も承知だった。だが、目の前の女が、どこかさっぱりした、何かをやり遂げたような満足感に満ちているように見えるのは俺の気のせいだろうか。

あの子、とってもよく気が付く子よ。無駄なことはしないし、よく考えて行動する子だわ。千恵子の声が脳裏に蘇る。その言葉のせいだけではないのだろうが、時折彼女が見せた、奇妙な冷静さ、聡明さが、今ではくっきりと彼女の表面に浮き出て見えるのだ。

だが、今は澄子を疑っている場合ではない。井上は、自分の目的を思い出し、口を開こうとすると、千次が呟いた。

「少なくとも、あの男は『訪問者』ではないな。あの男がわざわざ予告をしてくる理由は全くない」

「あら、そうかしら。あの男が『訪問者』かもよ。本人はそのことを知らなかったかもしれないけど。ねえ、弁護士さん？」

千恵子がねっとりと口を挟んだ。

井上はギクリとした。千恵子は、井上が、澄子の企みの可能性について考えていたことを見抜いていたらしい。

「え？」

井上はとぼけた。千恵子は嫌味ったらしく笑う。

「澄ちゃんがその手紙を送ったのかもよ。彼女は前からご亭主がうちに押し入るのを知っていたのかも。うちに被害が出るのは困るから、注意を促しておこうと思ったのかもしれないわ」

千恵子は、井上と同じことを考えたらしかった。なぜかそのことが恥ずかしくなる。

澄子の顔色がサッと変わる。

「あたしが主人の計画を知っていたっていうんですか?」

その声は厳《きび》しい。が、千恵子は気にする様子もない。さっきの態度といい、彼女はあまり澄子に好感を持っていないように見える。それとも、彼女の場合、誰に対してもこうなのかもしれないが。

「違うわよ。ご亭主の計画じゃなくて、あなたの計画だったのかもしれないって言いたいの。そうよね、弁護士さん」

千恵子はひらひらと手を振った。

井上は、しつこく自分に同意を求める千恵子にムッとした。しかし、確かに自分も同じことを考えたのだから文句は言えない。

澄子は、怖い顔で千恵子を睨んでいた。

「あなたが、ご亭主に、今夜ここに押し入るように提案したんじゃなくって? だから、あなたは前もってうちに警告の手紙を出した。今夜ここでご亭主が勝手に転落死すれば、目撃者も大勢いるし、あなたには確固たるアリバイができるものね」

「千恵子、いい加減にしろ。澄ちゃんの旦那は今夜そこで死んだんだぞ。愛華の父親がな。おまえ、あの死体の前で同じ台詞が言えるか? おまえ、外に出てあの死体を見ろ。あそこで、言えるもんなら言ってこい」

千蔵が怒りを爆発させた。

千恵子は慌てた。助けを求めるように、井上や他のきょうだいを見る。

「あら、やだ、そんなつもりじゃないのよ。可能性の問題よ、ねえ、弁護士さん？　ほら、だって『訪問者』が誰か知りたいでしょ、ねえ次ちゃん」

井上は知らん振りをした。千次も同じである。

千恵子はバツが悪そうな顔で口をつぐんだ。

澄子はじっと黙り込んだままだ。千蔵が怒ったことで、とりあえず彼女の気持ちはおさまったのだろう。

「じゃあ、この象は誰が？」

井上はテーブルの上の象に視線をやった。

みんなが象を見る。

「これが昌彦のものだっていうのは確かなのかい？」

千衛が澄子を見る。澄子は気持ちを切り替えたように、頷いた。

「ええ。愛華苑にはみんなで共用していたおもちゃもありましたけど、これは彼の私物です。彼、とても大事にしてました。遠足に行く時もリュックに入れて、必ずどこにでも持っていってました。おなかのところに名前が書いてあるはずです」

「見たことないなあ、彼の部屋でも」

井上は老人たちに断って小さな象を取り上げた。ひっくり返してみると、確かにおなかの部分に、薄れかかっているものの「とうげまさひこ」とマジックで書いてある。

「これが玄関の外に置いてあったんですね。場所はどの辺りに？」

井上は千次に尋ねた。

「ドアの前ではなくて、ちょっと離れたところだった」

「じゃあ、置いたのはもっと前かもしれないですね。ドアを開けて人がいなかったから、これに気が付いたわけでしょう？　もし人がいたら、その人と挨拶を交わすわけですから、地面なんか見ていなかったでしょうし」

「うん、私もそう思う。ただ、あのベルを鳴らしたのは誰なんだろう？」

「ベル？　僕はベルの音なんか聞こえなかったぞ。誰か聞いたか？」

千衛がみんなの顔を見回した。

「あたしは聞きましたよ。キッチンでうたたねしてて、その音で起きたんですから」

更科が言った。

「でもさ、それって、次ちゃんがキッチンに来て、ベルが鳴ったって言ったからそんなふうに思ったんじゃないの？」

千衛の口調が湿った。どこか歯切れが悪い。

「いえ、そんな――確かに」

更科は記憶を辿る表情になる。

千次は訝しげな顔で千衛を見た。

「おまえ、何が言いたいんだ？」

「いや、僕は、その象を置いたのは次ちゃんなんじゃないのかなって」

千衛はもごもごと語尾を呑み込んだ。

千次はびっくりした顔になる。

「私が？」

「僕は、それならつじつまが合うと思っただけさ。だって、一方では澄ちゃんの亭主が押し入ろうとしてて、他にも誰かが外でうろうろしてるなんて、ちょっと偶然にしても考えられないだろ？　ベルを聞いたと言ってるのも、次ちゃんだけだ。次ちゃんが来客の応対に出たふりをして、元々自分が持ってた象を取り出したと考えたほうが筋が通るじゃないか」

「なぜ私がそんなことを？」

千衛は一瞬ためらったが、口を開いた。

「次ちゃんが、昌彦の父親だからだよ」

みんなが絶句した。

千衛は慌てて手を振った。

「特に根拠があるってわけじゃないんだ。でも、それだったら、今夜の状況も少しは説明できるかなって思ったのさ」

「どんなふうに？」

千次は淡々と尋ねる。

千歳は落ち着かなかったが、言葉を探しているようだった。それなりに確信があるらしい。唇を舐め、おどおどした口調で話し出す。

「僕はさ、最初からなんとなく、芝居くさいなって思ったんだ。さっきから見てると、話を進めてるのは、次ちゃんとそこの弁護士先生だろ？　もしかして、この二人がぐるなのかなって考えてみたんだ。そうしたら、やっぱり、二人の呼吸も合ってるような気がしてきて。その目的はなんだろうって考えたら、昌彦は誰かに殺されたんじゃないか、それを調べるために二人で芝居を打ってるんじゃないかって思ったのさ。だとすると、次ちゃんが芝居を打つのは、昌彦の父親だからって理由以外考えられないじゃないか」

「なるほどね」

千次と一緒に、井上も心の中で相槌《あいづち》を打っていた。

ぼんぼんだと思っていたが、実は三男坊も鋭いじゃないか。

「僕は、今だから言うけど、どうして次ちゃんは独身を通したのかなってずっと不思議に思ってた。次ちゃんはなかなかどうして、女にもてたからね。次ちゃん自身、心惹かれてた人だっていたと思う。だけど、次ちゃんは独身を通した。今日、その理由を思いついたんだ。死んだ峠晶子に操《みさお》を立てていたなら説明がつくってね。しかも、息子までいたんだ。次ちゃんの性格から言って、別に妻子を持とうなんて考えないだろう」

井上は感心した。実は、彼も、最初は千次が昌彦の父親なのではないかと考えていたのだ。というよりも、彼と話すうちに、彼が父親だったらよいなという願望を抱くようになったというのが正しいかもしれない。

「でも、次ちゃんだったら、そもそも昌彦の父親だったってことを隠すかしらね？　あたしにはそこんところが納得できないんだけど」

千恵子が口を挟んだ。ほとぼりが冷めたと判断したらしい。

「だって、ほら、学生だったし」

「むしろ、次ちゃんだったら、学生結婚すると思うなあ。昔から子供好きだったたし、マイペースな人だったし、自分の子がいたら、大学に子連れでも平気だったと思うわ」

「それもそうだなあ」

千衛が自信なさそうな顔になるのを見て、千次は苦笑した。

「私じゃないよ」

「僕でもないよ」残念ながら。昌彦は可愛かったけどね」

「俺も違う」

千衛と協一郎が手を振った。

「これでまた、父親捜しは振り出しに戻ったわけだな」

千蔵が皮肉交じりに呟いた。

千次が溜息をついて、グラスを口に運ぶ。

「言っとくけど、私とそこの弁護士先生だって、つるんでるわけじゃない。全くの初対面だ。やれやれ、これだけみんなが疑《うたぐ》り深くなってると、何を言っても信じてもらえそうにないな」

再び、おなじみになった気まずい沈黙が落ちる。

「あのう、それじゃあ、さっき見えたという千沙子さんに似た人影は誰だったんでしょう?」

おずおずと澄子が口を挟んだ。

みんながハッとする。

「そうだ、その件があったな」

「確かに見ました」

「死ぬ前のチサ姉そっくりだった」

奇妙な表情で顔を見合わせる人々。

本当に、おかしな夜だ。

井上はみんなの顔を見ながら考えた。いつもそこには千沙子の影がまとわりついてくる。もしかすると、昌彦の話をしようとすると、昌彦の死と千沙子の死はやはりセットになっているのだろうか？

井上は口を開いた。

「なぜかいつも話はそこに戻ってきますね。昌彦の話をするためには、朝霞千沙子の話をしなければならない、というように」

みんなが戸惑った表情になる。

「よろしければ、千沙子さんが亡くなった時の状況を説明していただけませんか？　それが、昌彦の死に繋がってくるのかどうかは分かりませんが」

「うーん、チサ姉の死、ねえ。話すような状況なんてほとんどないんだよなあ」

千衛が唸《うな》った。他のきょうだいも同意の表情である。

「まあいい、私が話そう」

千蔵があきらめたような顔で口を開いた。

それは、ちょうど三年前の十二月初旬。その冬初めての寒波が訪れた日のことである。千沙子をはじめ、彼らは冬のひとときをこの洋館で過ごしていたという。

「その時期、朝霞大治郎の誕生日があってね——この日が朝霞グループの創立記念日なんだ。だからなんとなく、この家に一族が集まる習慣になっていてね」

千蔵はそう言い添えた。

当時の千沙子は、もうグループの実権は各企業のトップに譲り渡していて、実質的には経営を離れていた。彼女は一族経営はなるべく避けようと考えていたようで、実力のある後継者を選んでいた。それが、他のきょうだいと距離を置く結果になっていたらしい、と井上は推測した。

きょうだいからしてみれば、もう少し自分たちがグループの中枢にいたいと考えても無理はない。しかし、朝霞大治郎と、彼が後継者に指名した千沙子のずば抜けた経営手腕とビジネスセンスに比べれば、他のきょうだいはかなり凡庸《ぼんよう》だと言わざるを得なかったようだ。千沙子も、組織はそういった血縁関係者の甘えから腐ると認識していたらしく、ことさら関係者には厳しかったという。だから、きょうだいの不満はともかく、実力主義で人材を登用していた組織が非常によく統率されていたことは彼らも渋々ながら認めていた。

「あの頃のチサ姉はなんだか様子が変だったよな。ずっと塞《ふさ》ぎこんでいたというか。あんまり僕たちと話をしようともしなかったし。一緒にいても、なんだか上《うわ》の空だった」

千衛がきょうだいに同意を求めた。

みんなが頷く。

徐々に実権を移していたせいもあったが、千沙子は自分が改築したこの洋館で一人過ごすことが多くなった。一族とグループを率いることに全力を注いできた彼女は、結婚して自分の家族を持つことはなかった。時間ができて、人生を振り返る暇ができたのかもしれない。

「きっと自分には何も残っていないと思ったのよ。会社が人生だったんだもの。もちろん、お見合いの話は降るほどあったわ。でも、なにしろ朝霞グループの代表なんですもの、どれも政略結婚みたいなものだったらしくて、お見合いの度《たび》にうんざりしてたわ。あたしなんか、千沙ちゃんが毎回綺麗《きれい》な着物着てお見合いに行くのが羨《うらや》ましくってたまらなかったっていうのにさ。でも、千沙ちゃんはそんなものに利用されるくらいなら一人でいいと思ってたみたいよ。ほら、あの人みたい。エリザベス一世。あの当時は、結婚は全部権力のための道具だったんでしょ？　エリザベス一世も、それを避けて結婚しなかったのよねえ」

千恵子が口を挟む。

「彼女は威厳があったねえ。近寄りがたいというか、こちらを卑屈にさせてしまうような威圧感があった。女としてはどうかねえ。決してブスじゃなかったんだが。男なんて、結構弱いからさ。彼女の前じゃ、大抵の男は萎縮《いしゆく》しちゃうんじゃないか。よっぽどのマゾならともかく。ホント、思い起こしてみても全く浮いた噂《うわさ》のない女だったな」

協一郎が半《なか》ばあきれたような声を出した。

「経営者は孤独なんだよ」

千蔵が、二人の低俗な話題に、露骨に軽蔑《けいべつ》を示して言った。一応、彼も財団のまとめ役をやっているはずだから、煙たがってはいても、多少は千沙子への共感が窺えた。むろん、一族とグループの総帥《そうすい》として君臨していた千沙子の孤独などとは比べようもないが。

彼らの話を聞いていると、とても長姉の話をしているとは思えない。ほとんど保護者のような、仰《あお》ぎ見る存在だったようなのだ。よほどカリスマ性があったのだろう。

一度でいいから、本人に会ってみたかったな。

井上は今ここに千沙子がいないことを残念に思った。写真で見たことのある千沙子は、どれも髪をひっつめ、いたく生《き》真面目に写っており、彼女の実際の姿を伝えてくれはしなかった。

「千沙子さんは、体調のほうはどうだったんですか？　どこか患《わずら》っていたとか」

井上は尋ねた。引退して千沙子が塞ぎこんでいたというのが気に掛かる。

「いや、そんな様子はなかったね。我が家はお陰様で、健康には恵まれた一族だし、姉は中でも大柄で、頑強な人だったんだよ。学生時代は陸上の選手だったし、体力の維持のためにずっと水泳をやっていたし。いつも姿勢がよくて、ぴしっとしていてね。あの頃も、歳を取って多少は弱っていたが、至って健康だったと思う」

「それで、その当日は?」

井上は待ちきれずに尋ねた。

「あの当日は」

一瞬、千蔵と千衛が目を合わせたのが分かった。

「正直、ちょっとぎくしゃくしていてね――あとからさんざん非難されたよ。きょうだい仲が冷えきっていただの、わざと見殺しにしただの――」

千蔵は思い出して腹が立ってきたのか、かすかに顔を紅潮させた。

「あの日はねえ、ここをどうするかで揉《も》めてたのよ。千沙ちゃんはどうしても残したいと主張していたし、蔵ちゃんたちは売却すべきだと主張してたわけ」

千恵子があっさりと言った。

「現実的には、売るべきだったんだよ。親父の相続税だって凄《すさ》まじい金額だったのに」

「売るというのは、つまりこの洋館は」

「もちろん、壊すんだよ」

「もったいない。こんなに状態がいい洋館は珍しいのでは?」

「お客は皆、そう言うがね――住むほう、維持するほうから言えば、こんなに金の掛かる、不便なものはないんだよ。庭だの私道だの、維持費用に年間幾ら掛かるか聞いたら、君ももっともだと思うだろう」

「でも、皆さんは現在はずっとここにお住まいなんですよね？」

井上は素朴な疑問を口にしたつもりだったが、みんなの間に再び奇妙な沈黙が落ちたのに気が付いた。

「それがチサ姉の遺志だったからだよ」

千衛が低く答えた。

「千沙子さんの？」

「そう。あの日、チサ姉が亡くなったことで、図《はか》らずも、姉はここを残すことに成功したんだ」

「図らずも、だったのかな」

協一郎がぽつりと呟いた。

「何だね、協一郎？」

「いや、ね。結局、あれは自殺だったんじゃないかって俺はずっと思ってたんだ。それが一番納得できる説明だよ」

「ここを残すために自殺したっていうのかい？　あのチサ姉が？」

「他に理由が考えられるかい？」

「だから、事故だったんだよ、事故。仕事を引退して、がっくりきてたのは確かだろ。そこに魔が差したんだ。僕、前に読んだんだけど、イギリスの特殊部隊を指揮してる百戦《ひゃくせん》錬磨《れんま》の将校が、戦場では怪我をしたことがないのに、いつも帰ってくる度に家の中で怪我をするんだってさ。おかしいだろ、死と隣り合わせの仕事をしてる男が、戦場では無傷で讃《たた》えられてるっていうのに、家の戸棚に頭をぶつけて何針も縫ったなんてさ。そういうものだよ、気が緩《ゆる》むってのはさ。チサ姉もずっと気が張ってる生活を何年も続けてきたから、フッと魔が差したんだ」

千衛は一息にまくしたてた。

「魔が差す、ねえ」

千恵子がまた粘着質の声を挟んだので、きょうだいたちは警戒するように彼女を見る。

余計なことを喋るな、という視線を無視して、千恵子は媚《こび》を含んだ目で井上を見た。

「魔が差す、っていうのはちょっと意味が違うんじゃないの？　むしろ魔が差しそうなのは、蔵ちゃんたちじゃない。ここを処分して、手っ取り早く現金が欲しかったのは蔵ちゃんや衛ちゃんよね。いろいろ投資に失敗してるって噂は聞いてたし」

千衛が鼻で笑った。

「そうだよな、おまえたちはここに入り浸ってたから、ここがなくなったら困ったかもな。確かにおまえは直接何かをチサ姉にねだりはしなかったが、ここに来ている間は、費用は全て千沙子持ち。おまえがここから千沙子のツケで、服だの靴だの注文してたのを俺たちが知らないと思うなよ。弦巻《つるまき》のマンションはどうした？　親父に買ってもらったものを、生活に困ってとっくに売り払ってたくせに。しかも、バブルが弾けてから慌ててコソコソ売り急いだもんだから、二束三文《にそくさんもん》の値段でね。売るなら売るで、ちゃんと千沙子を通せばもっとまともな値段で売れたものを。後ろめたかったし、急いでいたのは分かるがね。どう見ても、ここ十年ほど、おまえたちはろくに収入がなさそうだったもんな」

「それは違いますよ」

協一郎がムッとした声を出した。

「あのマンションは、バブルの時にどんどん周囲に他のマンションが建って、生活環境が悪くなったんだ。日当たりも悪くなったし、車も増えて、とてもじゃないけど創作できる環境じゃない。千沙子さんは、それを見かねて、創作の場を提供してくれたんだ」

「創作環境ねえ。実際のところは、生活の窮状を見かねて、じゃないのかね」

千蔵がむすっとした声で言った。

「二束三文とは何よ」

千恵子が怒りを露にした。

「あたしたちは適正な価格で売ったのよ。元々、お父さんは大したマンションを買ってくれなかったんだわ。だからあれが精一杯だったのよ」

「おまえたちはこっそり売ったつもりだろうが、チサ姉のところには、知り合いの不動産業者からすぐに情報が行ってたらしいぜ。おまえたちから安値で買い叩いた業者が、あのマンションを幾らで売ったか知ってるか？　場所とモノさえ良ければ、バブルが弾けても値が下がってないところもあるんだよ。今入ってるのは、一部上場企業の役員だ。おまえたちが売った値段の三倍近くの金を出したそうだ」

千恵子と協一郎はぎょっとした表情になり、一瞬顔を見合わせた。

「まあ、しょせん我々は同じ穴の狢《むじな》だな」

そこに、千次が淡々と割り込んだ。きょうだいたちがハッとしたように千次の顔を見る。

千次は井上に話し掛けるように説明した。

「多少の生前贈与はあったが、千沙子が親父からほとんどのものを受け継いだ。グループの役員報酬もあるし、みんな食うには困らないだけのものは貰ってるはずだが、子供の頃の贅沢《ぜいたく》が染み付いてるんで、それぞれ台所事情は苦しかったわけだ。千沙子は、ここを残して月に二週間以上ここで暮らすという条件を呑めば、年金という形で、この洋館を維持管理する財団から手当を出すという遺言を残していたのさ。これがまた、少なからぬ、とても無視できない金額でね。だから、こうして、大して仲良くもないメンバーが顔を付き合わせて、金で死後も自分たちを縛る姉に対する恨みつらみをこぼし合う、という慣習ができあがったわけなのさ」

　千次の自嘲気味の説明を、みんなが苦虫を嚙《か》み潰《つぶ》したような顔で聞いていたが、誰も反論はしなかった。実際、その通りなのだろう。それで、みんながここに住んでいる事情が吞み込めた。

「でも、驚いたのは」

　千次が、おどけたような口調で続けた。

「その千沙子の遺志が、そっくりそのまま親父の遺志だったってことなんだ。千沙子はあの日初めて、ちらっとそのことを口走った。それまでは、単に千沙子がこの場所を気に入っていて、自分でかつてはただの小さな管理小屋みたいだったここの家を改築したから執着《しゅうちゃく》があったんだろうと思っていたんだ。だが、ここにみんなで住めというのは、親父の指示だったらしい。親父が千沙子に、ここを売ってはいかん、ここは将来皆の役に立つ、と言ったらしいんだな」

「厳密には違うよ。ここはおまえたちの財産になる、だよ。そうチサ姉は言っていた」

「ここはおまえたちの財産になる——」

　井上は無意識のうちに繰り返していた。

「ここから先は半分冗談みたいなものだが」

　千次がかすかに笑いながら前置きして続けた。

「まあ、よくある話だが、親父の隠し遺産がどこかにある、みたいな噂があるんだよ。戦後一代でかなりのものを稼《かせ》いだはずなのに、計算が合わない、みたいなね。一説には、貴金属や宝石に換えてるんじゃないかと言われている」

「それがここのどこかにあると?」

「みんな、そうであってほしいという、ほのかな願望を抱いているわけだ」

「だって、チサちゃんだって言ってたじゃない。凄く価値のあるものがこの近くにあるみたいよって」

千恵子が勢いこんで言った。

「あるみたいよ、だろ。チサ姉だって知ってたわけじゃないんだ」

千衛が半分ぼやくように呟いた。

「その割には、泥棒が入ったと聞いてもあまり慌てた様子はありませんでしたね」

井上は、さきほどの、死体が澄子の夫だと分かった時の各自の表情を思い浮かべながら言った。

「チサ姉によると、親父はこう言っていたそうなんだ。この家の中にはないし、普通の人が見て分かるようなものではない。だが、この近くに凄く価値のあるものがある。それは、ずっと先にならないと分からないだろう」

千衛はあきらめたような口調で言った。何度も繰り返しているとみえる。

普通の人が見て分かるようなものではない。ずっと先にならないと分からない。

井上は首をかしげた。まるで禅問答だ。

家の中にはないが、このすぐ近くに——

ふと、井上はあることに思い当たった。反射的に千次の顔を見ると、千次も彼の考えを読み取ったように頷く。

「そう。我々は折に触れ、それはいったい何かということを考えてきた。そうしたら、今日、君の口から、昌彦が千沙子からあの湖を相続していたと聞かされたんだよ」

「まさかあの湖に？」

「そう考えても不思議じゃないだろう？」

みんながなんとなく湖のある方向を見た。

「ねえ、一度、あの湖の底を浚《さら》ってもらったらどうかしら？　でないと、みんな落ち着かないんじゃなくて？」

千恵子が期待を込めてみんなを見回した。みんなの顔に、そこまでやらなくても、という表情と、いややはり一度やってみたほうが、という両方の表情が浮かんだ。

「今の話で再確認しましたが、やはり、千沙子さんは昌彦の父親を知っていたようですね。しかも、それはやはり朝霞家の人間だ。だからこそ彼に湖を残したんでしょう」

井上は自信を得た。自分がこうして乗り込んできたことが間違いではなかった、と胸の奥で密《ひそ》かに安堵していたのだ。

「でも、どうなんだろう」

千衛が呟いた。

「こういう考え方もできないか？　親父は、ここ全体を残せ、と言ったわけだろ。みんなで使え、と。千沙子もその主旨は分かってたはずだし、湖だけ相続しても、それだけ売り払われる可能性だってあった。だから、千沙子は、湖だけは親父が残せと言った対象から除外されていることを知っていた」

「だとすると、湖にお宝はないってことになるな」

協一郎が頷く。

なんだかますます話がこんがらがってきたな、と井上は思った。今度は先代の宝探しときた。これらはどこでどう繋がっているのだろう。ふと、本来のテーマを思い出す。どうも話があちこち飛んでしまう。

「さて、それで、千沙子さんが亡くなった時のことを聞かせていただきたいのですが」

「ああ、そうだったな」

千蔵が思い出したように頷いた。

「そう。あの日は、そういったわけで、ここを処分するのしないのという話で朝から紛《ふん》糾《きゅう》していたんだ。午後もずっとみんなで話をしていて――」

「話をしているというよりも、半ばもう喧嘩《けんか》だったわよ。みんなで千沙ちゃんを罵《ののし》ってたわ」

千恵子が相変わらず余計な茶々を入れる。

千蔵は無視して続ける。

「険悪な雰囲気だったことは認めるね。寒い日だったし、みんな機嫌が悪かった。でも、まあ、夕方には疲れてしまって、あとはまた夕食が終わってからにしようってことになった。チサ姉はほとほと疲れた様子だったね。それで、部屋を出しなに、初めて、ここを残すのが親父の指示だったことをぽろっと漏らしたんだ」

どことなく、皆に後ろめたそうな空気が漂う。

「なんでチサ姉は最初からそのことを言わなかったんだろうな。最初から言っていれば、みんなの態度も違ってただろうし、あんなに険悪な雰囲気になることもなかったのに」

千衛が不思議そうに言った。

「私には分かるな」

千次が呟いた。

「親父の遺志だということが分かったら、なぜここを残すんだという理由をみんなが追究するだろう。親父が感傷なんかでものを残すような人間じゃないことはみんなよく知っている。隠し財産があるなんてことになったら、みんなが争うに決まっている。その実体があるかどうかも千沙子は把握《はあく》していなかったんだから、なるべくなら彼女は自分がこの土地に執着しているという理由で通したかったんだろう」

千次の言うことはもっともだった。千沙子は、みんなが金を欲しがっていたことをよく分かっていたからこそ、あまり父親の名前は出したくなかったのだ。

「本当は知ってたんじゃないのかしら、千沙ちゃん」

千恵子がどことなく恨めしそうな声を出した。

「知っててわざと教えなかったのよ」

それは、おやつを分けてもらえなかった子供のような口調だった。

「しかし、何だろうねえ。皆目《かいもく》見当もつかないよ。これまでもさんざん考えたけどさ。お恥ずかしい話だけど、僕たち、そこいらを掘り返すような真似までしたんだぜ」

千衛が溜息をついた。

いつのまにか、彼らは警戒していたはずの井上に愚痴《ぐち》るような形になっているのが滑稽だった。一緒に死体を発見し、さんざん疑惑をぶつけたあとなので、情が移ってしまったのかもしれない。

「鉱脈とかですかね。見た目にも分からないというのなら。もしくは、貴重な動植物が付近に生息しているとか、学術遺跡があるとか」

井上は、思いつくままに挙《あ》げてみた。

みんながニヤニヤ笑う。

「その程度のことなら、とっくに調べてるよ。確かに自然の宝庫ではあるが、特に珍しいものはないらしいぜ」

「話を戻そう」

千蔵が小さく咳払いをした。

「チサ姉は、よく考え事をする時に、あの湖に一人でボートを漕《こ》いでいって、湖の真ん中でじっとしていた。ゆらゆらボートが揺れてるのが、かえって集中できると言ってね。あの日も、そのあとボートに乗って湖に出た。我々が知っているのはそれまで。結局、姉は夕食の時にも戻らなかったんだが、時々どこかに籠《こも》って出てこないことはそれまでも何度かあったから、あまり気にも留めなかったんだ。なにしろ、みんなぷんぷんしていたからな。顔も見たくない、という雰囲気が私たちにもあって、特に捜そうとはしなかったんだ。そうしたら、翌日、姉が湖に浮かんでいるのが発見されてね」

千蔵は声を低めた。当時の状況を思い出したのだろう。

「発見者はどなただったんですか？」

「タクシーの運転手だよ。翌朝、私と千衛は東京に戻る予定だったので、朝一番でタクシーを呼んでたんだ。途中のカーブで湖が見える場所があるんだが、運転手は、なんだか人が浮かんでいるのを見たような気がすると言って。よくここに来ている、土地鑑《とちかん》のある運転手でね。チサ姉が朝食にも姿を現していなかったことの意味に、ようやく思い至ったのはその時だった。みんなで湖に駆けていって——発見したわけさ」

「死因は？　溺死《できし》だったんですか？」

「溺死というよりも、水に落ちた瞬間の心臓麻痺《まひ》らしいね。なにしろ寒かったし、いくら泳ぎがうまくても、あんな冷たい水に落ちたらひとたまりもないよ」

「なぜ落ちたんでしょうね。ボートは転覆していたのですか？」

「いや、ボートはオールを付けたまま、ゆらゆら湖面を漂っていた。転覆した形跡はない。なぜ落ちたのかは、永遠の謎さ。さっきの誰かの話だと、自殺か魔が差したってことになるが」

千蔵はやや皮肉っぽい口調で答えた。

こうして聞くと、特に疑わしいところはないように思える。

「ええと、最後に千沙子さんをご覧になったのは？」

「サラさんだよ」

「はい、あたしです」

更科が不安そうな声を出した。

「皆さんとのお話が取り込んでいたようなので、外に出ようとする千沙子さんに声を掛けたんです。もう夕食の支度に掛かってましたから、ちらっとしかお話しできなかったんですけど。『大丈夫ですか、何か温かいお飲み物でもお持ちしましょうか』と言ったと思います。そうしたら、『大丈夫よ、ちょっと考え事をしてくるわ』とおっしゃって、出ていかれたんです。その時、ボートだ、と思いました。大体考え事をなさる時はボートに乗られるんです。でも、もうあの季節ですし、辺りは暗くなりかけていたので、『もう暗いですよ』と言ったんです。そうしたら少し笑って『平気よ。いつも乗ってるし。それに、確認したいこともあるし』と言って出てゆきました。それが最後です」

「ちょっと待ってください」

井上は慌てて声を掛けた。

「今、なんとおっしゃいました？　確認したいこともある？」

「ええ。千沙子さんは、その時そうおっしゃいました」

「何を確認したいと？」

「さあ、そこまでは」

更科は当惑したように首をかしげる。

「それがどうかしたかね？」

千次が声を掛けた。井上は、考えこむ。

「昌彦も、事故に遭う前にそんなことを言っていました。夜明け前にここに着いて、現地で確認したいことがある、と。はたして偶然ですかね」

「ああ、そういえばそんなことを言っていたな。だが、二人の確認したいものが同じものかどうかは分からないな」

「それはそうですが。なんとなく、二人共亡くなる前に、同じ場所を目指していたような気がして」

「湖の秘密に気が付いた二人を、誰かが殺したっていうのかい？」

協一郎が、面白がるように言った。

「いえ、そこまでは」

井上は自分でも何が気に掛かるのか分からずにイライラした。

なんとなく周囲を見回した井上は、真っ青な顔をしている澄子が目に入った。

気分でも悪いのだろうか。

井上の視線に気付き、千次も彼女の尋常でない顔色に目を留めた。

「澄ちゃん、気分でも悪いのかい？」

「いえ、そういうわけでは」

「顔色、ひどいよ」

千衛も言う。

澄子はなんでもないと言おうとしたようだったが、何かに気を取られたように青ざめたままだ。

「澄子さん？」

そう声を掛けてから、井上は、あることを思い出した。

「確か、澄子さんと愛華ちゃんも、千沙子さんの亡くなった時、こちらに滞在されてたんですよね」

澄子は明らかにびくっとした表情になった。

「なぜ当時はこちらに？」

井上は構わず質問を続ける。

澄子は唾を呑んだ。

「当時は——夫が失業してお酒を飲み始めて——最初のひどい暴力が始まった頃でした。千沙子さんに相談したら、とりあえず距離を置くことを勧《すす》められたんです。それで、お正月までしばらくの間、こちらでお世話になることにしました」

そう答えながらも、澄子はなぜか上の空だった。何か他のことに強く気を取られているらしい。

「何か、その日、千沙子さんの様子で気付いたことは？」

澄子はハッと井上の顔を見た。今初めて、彼と話をしていることに気付いたみたいだった。

「あの――いえ、私の勘違いかも」

口ごもる澄子に、千次が身を乗り出した。

「何か思い出したのかい？　言ってごらんよ」

「ええと、その。私じゃなくて、愛華なんですが。でも、子供の言うことだし」

澄子はますますしどろもどろになる。

「何でもいいよ。言ってごらん」

千次が辛抱強く促す。みんなも、自然と彼女に注目した。

「でも、重要なことなんです。こんなこと、憶測で言ってよいものか。今までずっと忘れてたし」

澄子はすがるように井上の顔を見た。

井上は頷いてみせる。

「大丈夫です。どうぞ」

「黒いカエルを見た、って言ったんです」

澄子は唐突に話し出した。

「は？」

みんながきょとんとして澄子の顔を見る。澄子はおどおどと上目遣いに周囲を見た。

「愛華が、一階の廊下の窓から、黒いカエルを見た、と」

「黒いカエル？」

みんなはますますあっけにとられた。

澄子は苦笑して、額《ひたい》を押さえた。

「ごめんなさい、ちょっと混乱しちゃって。きちんと説明しますね」

澄子は大きく息を吸い込んだ。

「あの日、愛華は一階の廊下で一人で遊んでいました。あそこの奥の窓からは、木に隠れてはいますが、湖の一部が見えるんです」

澄子はもう一度唾を呑んだ。

「すると、湖にボートを浮かべていると、シルエットが見えるんですよ——特に夕方は、向こうが西側ですから逆光になってね。当時、愛華は影絵に凝っていました。学童保育のセンターに、上手な上級生がいたらしいんです。だから、いろんなシルエットを作って、よく私にも見せてくれました」

話がどう繋がるのか、まだ誰にも分からなかった。

「愛華は、以前から湖に浮かんだボートを見て、それを影絵に見立ててました。あの湖には、ボートが一艘《そう》しかありません。最初に愛華が言ったのは『バッタ』でした。誰かがボートの中で、寝転がっていると、曲がった膝がボートの上に出て、確かにバッタの後ろ足みたいに見えるんですよ。私は感心しました。次に言ったのは、『メキシコの帽子』。ボートの中央に誰かが座ってボートを漕いでいると、三角形の帽子に見えると言いました」

澄子はひきつった笑いを見せた。

「そして、黒いカエルは」

「――二人でボートに乗っている時だね?」

千次が後を引き取って言った。

澄子は無言で千次を見て、小さく頷く。

みんながまじまじと澄子の顔を見る。

「それは、つまり」

「はい。ボートに人が二人乗っていると、確かにカエルの顔に見えるんです。あの日、千沙子さんは一人でボートに乗っていたんじゃないんです。誰かが一緒にいたんです」

しんと辺りが静まり返った。

それまで意識していなかった、降り注ぐ雨の音が聞こえてくる。

「すみません。今まで、このことを思いつきませんでした。愛華の言葉は覚えていましたが、それが何を意味することか、今の今まで気付かなかったんです」

「その誰かとは?」

「分かりません。愛華も分かってなかったと思います。ボートのシルエットは小さいですし、影になってますし」

　澄子は俯いた。

「だが、一緒に誰かとボートに乗っていたからと言って、そいつが別に千沙子を殺したとは限らないだろう。何か話をしていただけかも。そいつがボートを下りてから、千沙子が落ちたのかもしれないだろう?」

　千蔵が早口で言った。そう信じたいと思っているのは明らかだった。

「そうかもしれない。だけど、少なくともそいつはアリバイを偽《いつわ》っているね。千沙子と一緒にいたと証言した人間は誰もいないんだから」

　千次が冷たく言った。

　だが、もし、その人物が千沙子を突き落としたのだとしたら。

　井上はそんなことを考えていた。

　殺人者は存在したのだ。そして、もしこの中にその殺人者がいたとしたら?

　井上は改めて澄子の顔を見た。

　彼女は大変な失敗をしたことになる。愛華が目撃者であることをそいつは知ったのだ。

　澄子はこのことに気付いているだろうか?

　青ざめた澄子の顔からは、その答えは読み取れなかった。

「ごめんなさい、今更こんなことを言って。でも、思い出したら言わずにはいられなくなって」

澄子は何度も頭を下げた。

「そいつが殺人者なのかどうかは分からない。殺人ではなかったのかもしれない。だが、澄ちゃん、こいつはまずいことになったぞ」

「え？」

苦い顔をした千次を、澄子は見上げた。やはり、千次も同じことに気付いたらしい。

「もし、そいつが犯人だったとして、愛華が自分を目撃したことを知ったらどうすると思う？」

「え？　あ」

澄子は思い当たったらしく、ふっと周囲を見回した。

この中に犯人がいるかもしれない、という疑惑のまなざし。

千衛が大きく溜息をついた。

「冗談じゃねえや、まさかこの中に犯人がいて、目撃者の愛華をどうにかするとでも？」

「いえ、とんでもない。だって、私は見ていないし、愛華の言葉だけですし、ご覧になれば分かると思いますが、あそこから見た影では、性別はおろか誰が乗っているかなんて絶対分からないんですよ」

澄子は必死に弁明した。誰なのか特定できなかったということを強調したいのだ。

「昌彦のシナリオには、湖のシーンはないのかね？」

突然、千次が井上に聞いた。

井上は面食らったが、彼の意図するところに気付き、記憶を辿ってみる。

「あります。全く前後の繋がりはないんですが、女がぼんやりと一人ボートに乗って、湖の真ん中で漂っているシーンが、何度か出てきます。台詞もありません。時々、フラッシュバックのように挟まる感じですね」

「それだけか。奴は、何を確認しようとしたのかな。恐らく、そのシーンを撮るためにここに来たがったんだろうから」

千次はじっと考えこんだ。

「全く、ヤブヘビもいいところだ。今度は殺人者だと？」

千蔵がやけくそのようにグラスを呷《あお》る。

澄子は、ひたすら恐縮したように身体を縮めていた。

「何一つとして解決しないな。むしろ、謎は増殖しているね」

千次は酒を作りながら淡々と言った。

「だが、やはり私が一番知りたいのは、誰が『訪問者』かということだ。いったい、誰が何を指してそう呼んだんだろう」

独り言のように言ってから、千次はちらっと井上を見て笑った。

「私が父親の名乗りを上げてもいいよ。そうすれば、昌彦からあの湖を相続できる。もしかしたらお宝が埋もれているかもしれないしな。どうだい？　そうすれば、君の用事は完了するだろう？」

井上は、冗談めかして言った。

「私を追い返そうとしているのでしょうか？」

「いいや。むしろ、君にはこの馬鹿騒ぎが終わるまでいてもらいたいね。こちらとしても、第三者がいたほうがいいような気がするんだ——いつ、何をもって終わるのかも分からないけれど」

「私はもう寝る。こんなわけの分からん話はもう沢山《たくさん》だ」

千蔵が立ち上がった。

「そうね、続きは明日にしましょう。警察に調べてもらえばいいわ」

千恵子も立ち上がる。

みんながぞろぞろとサロンを出て行く。

「部屋の鍵はしっかり掛けたほうがいいぞ。明日の朝は死体発見だからな」

千衛が、冗談とも本気ともつかぬ声を出した。澄子がぴくりとしたが、何も言わずにひっそりと部屋を出て行く。

あとには、千次と井上、そして長田が残された。

「どうするかね?」

「もう少し飲んでもいいですか?　何がなんだかさっぱり分からない」

「いいね、飲もう」

三人は椅子を並べ替え、座り直した。

井上と長田は、顔を見合わせ、大きく溜息をついた。

「まさかこんな展開になるとは思いませんでした」

「疲れましたね」

「君らは、まだ隠していることはないだろうね?　本当に、昌彦の件だけでここに来てるんだろうな?」

千次が念を押した。

「ありませんよ」

二人は苦笑する。

「昌彦が、自分の死を予期していたというのは本当なのか?」

「ええ。彼は決して憶測ではものを言いませんし、誰にということも一切言いませんでした。ただ、俺は殺されるかもしれない、とだけ漏らしていた」

「殺されると」

「ええ。はっきりそう言いました。理由は聞いていません」

千次はテーブルの真ん中の木彫りの象を取り上げた。

「象を撫でる、か」

じっと象を見つめる千次の目には、何の表情も浮かんでいない。

「もっとあいつと話をしておくんだったな」

何が象なのだろう、と井上は思った。昌彦は何を指して象と言ったのだろう。千沙子か、母親の晶子か、それとも、もっと別のものか。

「まさに今の我々は群盲ですね。何に触っているのか分からない」

「確かに」

「やれやれ、明日は警察か。面倒になりそうだな」

井上は溜息をついた。

「君らは、昌彦を殺した犯人がこの中にいると考えているのかね？　もしかして、君らは、彼の父親とその犯人がイコールだと？」

千次が鋭い目で聞いた。

井上はためらったが、小さく頷いた。

「なぜ？」

「それは、『象を撫でる』のラストがそうなっているからです」

「なんだと？」

「このシナリオは、ある女の生涯を時系列をばらばらにして描いたものなんですが、語り手はその息子らしい人物なんです。シナリオの中では、はっきりと息子だとは言っていないんですが。ただ、ラストは、この語り手の人物が、久しぶりに再会した父親と車に乗り込むところで終わっている。その父親が、息子に対して殺意を持っていることを暗示していて、なおかつ息子がその殺意に気付いているんだけど、笑顔で一緒に乗り込む。そんなシーンです」

千次のグラスを持つ手が止まった。

「そうか。だからか」

「ええ」

「父親か」

千次は低く呟いた。

雨はようやく収まってきたようだった。

「明日の訪問者は警察ってことになるわけですか。『訪問者』は警察のことなのかもしれませんね」

「あれは内部告発文書だったのかな。朝霞家は、山奥の洋館に金の延べ棒を隠し持っている、と誰かが密告したかな」

「それじゃあちっとも面白くありませんね。あなた、実は結構楽しんでいるでしょう?」

「バレたかね。なにしろ、退屈だからな、ここは。一緒にいるのは顔も見飽きたきようだいばかりだし」

軽口を叩き合う三人。

しかし、翌朝、彼らは警察を呼ぶことすらできず、新たに思いもかけぬ訪問者を迎える事態になるとは、この時想像すらできなかったのだ。

第四幕　かわいそうなぞう

来客を告げるベルが鳴った。

が、家の中は静まり返っている。

ベルはもう一度鳴った。かなりの音で家じゅうに響き渡る。

井上は、目を覚ました時、自分がどこにいるのか分からなかった。しかし、隣のベッドで、やはり長田がもぞもぞと動き出す音を聞いて、いっぺんに昨日の記憶が蘇ってきた。

今、ベルが鳴らなかったか？　来客のベル。それとも、夢の中の出来事か？

動き出した長田も、やはりベルの音を聞いていたらしく、目をしばしばさせながら彼を見た。

「ベル、鳴りましたよね？」

「今何時だ？」

枕元に置いておいた腕時計を手に取ると、午前六時を回ったところである。外はようやく明るくなり始めたばかりだ。

寝床に就《つ》いたのは、二時くらいだったから、まだ四時間くらいしか眠っていない。天候は回復しつつあるらしく、風も止《や》んで辺りはとても静かだ。しかし、こんな時間にいったい誰が？

三たびベルが鳴った。明らかに、ドアの外に誰かがいて、ベルを鳴らしているのだ。

井上は、デジャ・ヴュを見たような気がした。昨日から、こんなことが何度も繰り返されている。

千次の声が脳裏に蘇った。訪問者。今度こそ本物か？

少し間を置いて、家の中で、人々が動き出す気配があった。誰もがベルの音に起こされたものらしい。

あちこちでドアの開く音がした。

井上と長田が寝ていた部屋のドアが鋭くノックされる。

「はい」

「起きてるかね？」

千次の声がした。

「ええ。誰か来てますね？　ひょっとして、警察ですか？」

井上が返事をすると、つかのま沈黙があった。

「――違う。ちょっと確認したいことがあってね。こんな早い時間に申し訳ないが、下の居間に降りてきてくれないか?」

「はあ。では、身支度して、すぐ降りていきます」

「頼んだよ」

まだ頭の芯《しん》は眠っているが、身体は反射的に動いていた。井上も長田も、睡眠時間が短いことには慣れている。二人とも訝しげな表情ではあったが、素早く身支度を整えた。部屋は寒く、思わず身体を縮めてしまう。

いったい誰が来たのだろう?

廊下は更に寒く、一階の居間に二人が入っていくと、一人の見慣れぬ青年が座っているのに目が吸い寄せられた。

みんなが無言で、テーブルを囲んでいる。愛華と澄子は眠っているのか、この場にいなかった。電灯の加減なのか、早朝のせいか、誰もが少し青ざめて見えた。むろん、寒い朝に叩き起こされたのだから無理もないが。

誰だろう、この青年は? 彼がさっきのベルを鳴らしたことは確かだが。

青年も不安そうな顔で、背中を丸めて座っていた。二十四、五だろうか。細身だが、筋肉質で身体が締まっている。髪は長めで、なかなか端整な顔をしている。朝霞家の人間なのだろうか?

にしては、誰も青年と懇意にしている気配はない。むしろ、警戒する顔で彼を見ている。

「——で、この中に、君にその仕事を依頼した人間はいるかね?」

千次が冷ややかな声で尋ねた。

青年は、テーブルを囲む人々をぐるりと見回した。

「いいえ。いません」

「嘘じゃないだろうね?」

千蔵が疑い深い声で念を押した。

「いません。本当です。僕が会ったのは、女の人でした——五十くらいの、がっしりした人です。この中には、該当する人はいません。全く違います」

青年はきっぱりと言った。

みんなが気抜けしたような、困ったような顔になる。

井上と長田は話が見えず、顔を見合わせた。

千次が二人を見て、口を開いた。

「彼は、昨日我々が見た、千沙子役を頼まれたそうなんだよ」

千次と青年が、井上と長田にもう一度語ってみせたのは以下のような話である。

青年は、小野寺《おのでら》敦《あつし》と名乗った。

彼は新宿《しんじゅく》に住んでいる二十六歳。昼間は劇団員、夜は居酒屋の店員をしている。二週間ほど前、彼は劇団主宰者を通じて、とあるアルバイトを紹介された。それは、一日、ある女の役を演じることである。演じるといっても、山奥のお屋敷に行って、周囲をうろつき、そこの住人に何度か姿を見せること、という奇妙なものだった。犯罪絡《がら》みではないかと疑ったものの、破格の報酬に心が動いた。なぜ自分がと不思議に思ったが、指定された日時に現れた、依頼者の女が見せた写真を見て理由が分かった。彼は舞台で女装したことがあったが、その時の雰囲気が写真の女とよく似ていたのである。現れた女は、衣装とかつらと地図を用意していた。女は、車を借りて、地図に印をつけたところに行くように、という指示を出した。車を屋敷から離れたところに隠し、何度か姿を目撃させる。決してつかまってはいけない、と女は念を押した。声を出してもいけないし、笑ったりしてもいけない。誰も出てこなければそれはそれでいい、窓から見えるところに立ったりしてもいい。ただし、家の中には入ってはいけない。

当然、なぜこんなことをするのか、という質問をした。

女は薄く笑って、嫌がらせよ、と明快に言った。この女の姿を見ると、嫌な思いをする連中があそこにはいっぱいいるの、びっくりさせてやりたいのよ、と女は言った。

あのう、これが何かのアリバイになるとか、あとで面倒なことになるってことはありませんよね。

青年は、ますます不安になって尋ねた。

ないわ、と女はきっぱり答えた。

なにしろ、あんたが演じる女はもう亡くなっているの。見たと認めたほうがおかしいということになるのよ、と女は言った。幽霊役なの、あなたは。

幽霊、ですか。

結局、青年がこの奇妙なバイトを引き受けたのは、劇団主宰者が既に前金を受け取ってしまっていることが分かったことと、やはり彼自身への報酬が魅力的だったのと、実際にそんな役を演じるのはどんなものか試してみたかったからだった。それに、実質上時間を取られるのは一日だけで、何度か姿を見せたら、翌朝夜が明けてから帰ってよいという話だったので、昼間の練習には帰ってこられると踏んだからである。

「じゃあ、昨日、愛華ちゃんや我々が目撃したのは」

「はあ、あの女の子ですね、すみません、僕です。雷が鳴ってるところに立ってるのは落ち着きませんでしたよ。落ちるんじゃないかと思って」

青年はもぞもぞと頭を掻《か》いた。

「これはまた奇妙な話ですね。誰がそんな仕事を頼んだんでしょう?」

井上は半分あきれた。千次が肩をすくめる。

「分からん。だから、君たちも呼んで、この中に依頼者がいるかどうか聞いたんだ。そうしたら、お聞きの通りいないという」

改めて、みんなの顔を見回すと、誰もが疑心暗鬼に満ちた表情で互いを牽制《けんせい》し合っている。

「ところで、なぜ君は、ここを訪ねてきたんだい？　夜も明けたし、本当は帰ってるはずだった時間じゃないのかね？」

井上は青年に尋ねた。

「そう。問題はその部分だ」

千次が先を促すように青年の顔を見た。青年は、もう既に一回説明したことらしく、心得た表情で頷いた。

「帰ろうとしたら、崖崩れで道が塞がっていたんです」

「えっ」

思いもかけぬ返事に、井上と長田は思わず顔を見合わせた。

「帰ろうとして、辺りが白《しら》み始めた三十分ほど前に出発したんです。そうしたら、通り道の途中が崖崩れで塞がっていて、どう見ても通行が無理だったので、仰天《ぎょうてん》しました。ここは、行き止まりの場所にあって、他に抜ける道はありません。復旧には明らかに時間が掛かりそうです。となると、食べるものもないし、この一帯は携帯電話も圏外ですし、こちらを頼るしかないと思って」

「なるほど。それでこんな早朝に呼び鈴《りん》を鳴らしたと」

「すみません、もう少し時間が経ってからにすればよかったんですけど、僕も動転していたもので」

青年は頭を掻いた。

部屋の中は気まずい沈黙に覆われた。

いったいどうなっているんだ、ここは？　井上は混乱した。もっとも、混乱しているのは彼だけではない。あまりの事態に、みんなが一種の思考停止状態に陥《おちい》っている。

「警察は、どうしましょうか？」

おずおずと口を開いたのは、更科裕子だった。

みんなが彼女の顔を見る。

「澄ちゃんの――どうします？」

更科は、かすかに視線を泳がせた。

瞬時に、みんなが裏庭に転がっているその物体を頭に思い浮かべた。

「やはり、呼ぼう。呼ばないわけにはいかないだろう。だが、その前に確認しときたいんだがね」

千蔵が苦りきった表情で呟いた。

「何を?」

千恵子が仏頂面で尋ねる。

「本当に、道が塞がっているのかどうかだよ。悪いが、君の言葉をまともに信じるわけにはいかんよ」

青年は目をぱちくりさせた。「警察」という言葉が出たことにも驚いているようだ。

「あっ、あの。警察というのは? 何かあったんですか?」

引っくり返った声でおろおろと皆の顔を見回す。

千蔵は突き放した。

「君に話す必要はない。もしかすると、あの男はこの男と共謀していたのかもしれないからな。大体、信じられるか? 全く同じ日に、千沙子の幽霊役を頼まれた男と、千沙子の部屋に忍び込もうとしていた男が家の周りを同時にうろうろしてたなんて。むしろ、二人は共謀していたと考えるほうが普通だろう? 千沙子の幽霊役がみんなの気を引いている間に、盗みに入ろうと計画していた、というほうが自然だ」

「あの、僕は、別に」

千蔵は青年の言葉には取り合わなかった。

井上も、千蔵と同じことを考えていた。あまりにも偶然が多すぎる。

「だったら、こんな早朝に訪ねてきた理由は？　もし共謀していたんなら、相棒が死んでしまったことは知ってるわけだろう？　それこそ、ひっそり姿を消したほうがよかったんじゃないか？　むしろ、崖崩れは本当のことなんじゃないかね。崖崩れが起きて出られなくなったからこそ、見知らぬ女に頼まれた云々《うんぬん》という嘘を作り出して、ここに助けを求めたのでは？」

そう口を開いたのは千次だった。

なるほど、と井上は思った。

青年は、自分をそっちのけで喋っている周囲を青ざめた顔で見守っている。自分がのっぴきならぬ状況に陥っており、それまでに考えていたよりも複雑な立場にいることに気付いたようだ。

「とにかく、崖崩れを確認しに行く。それから警察に電話する。それでどうだ？」

千蔵が念を押し、それに皆が同意した。

誰が車に乗っていくかは、検討の末こうなった。

千蔵、千次、井上、小野寺。

なるべく多くの人間、それも、共謀していると思われぬ、複数の陣営から一人ずつ選んだといえよう。

運転は千蔵、助手席には千次、その後ろに小野寺、その隣に井上という席順になった。千蔵はむっつりと黙り込んだまま車を発車させた。

井上は、ふと奇妙な気分になった。こんなメンバーで同じ車に揺られようとは、ほんの一日前には考えもしなかった。

誰もが無言で車に揺られていた。

空は雲に覆われていて、景色は寒々しい。常緑樹の色も黒っぽく沈んでいる。

昨夜の風雨は予想以上に激しかったらしく、そこここに爪痕が見られた。あちこちがぬかるんでいて車は泥を撥《は》ねていたし、倒れた木や折れた木が道の左右を埋めている。

「あの、もうそろそろです。いきなり現れますから、スピード落としてください」

小野寺が控えめに言った。誰も返事をしない。

井上は青年を観察していた。

働く劇団員。はたして本当だろうか。育ちは悪くないように見える。見た感じでは、当惑しているらしいが、正直なところ、自分も澄子の亭主と共謀していたほうに賭《か》ける。もしくは、知らず知らずのうちに、澄子の亭主に利用されていたということはあるかもしれない。この青年に、屋敷周りでうろうろしているように指図《さしず》した人間が、澄子の亭主と共謀していた。その可能性はあるような気がする。

「うわ」

千蔵が小さく叫び声を上げ、慌ててブレーキを掛けた。

みんなが車の中でつんのめる。

カーブの先に、いきなり黒い小山があった。斜面から道路にかけて、大きく土砂が崩れている。

アスファルトがざっくりえぐれて、土が剝《む》き出しになっている。ガードレールの下がぽっかりと何もなくなっていた。

外に出て、道路を塞ぐ岩や土の山に見入った。

「こりゃあひどい」

井上は、崖の上を見た。

斜面の木がなくなっていた。そこだけ剝き出しの斜面になっていて、山を裂いたように黒く、無残な傷跡をさらしている。地面に積みあがっているのは、かなりの量の土砂だった。中には大きな岩も埋もれていて、人間の手で動かせるようなものではないことが窺える。しかも、まだあちこちから水がちょろちょろ流れ出していた。

これは危ない。

「歩いて越えられるかね？」

「それはやめたほうがいい。上からまた岩が落ちかかっている」

彼らの言葉を聞いていたかのように、上からパラパラと小石が降ってきた。

「おい、下がって。車をバックさせよう」

千蔵が慌てて車に乗り込み、慎重に車を戻し始めた。他の三人は、離れたところまで避難する。ザーッ、という不穏な音を立てて、上の方から小石が小規模な雪崩《なだれ》を起こして落ちてくる。

「危ないな」

「もっと崩れるかも」

少しずつ車の向きを変え、元来た道を戻る。

帰りの車の中は、ますます沈鬱《ちんうつ》な雰囲気に包まれた。

あれでは、工作機械を持ち込まない限り、人力ではどかせないな。

井上は黒い小山を思い浮かべた。幾らなんでも、あんな崖崩れは人為的に起こせるものではない。今回、さまざまな思惑があったことは確かだが、崖崩れまではさすがに誰も予想していなかっただろう。

図らずも。

井上は、車の中の硬い表情を見回した。

見知らぬ者どうしが閉じ込められてしまったわけだ。

「はい、ああ、そうなんですか。しかしね、うちも困るんですよ、ええ、はい、分かりました。では、本当に、なるべく早く来ていただけるように——はい」

千蔵は小さく舌打ちして受話器を置いた。

みんなが彼に注目しているのを見て、神経質にこめかみに触れる。

「崖崩れは一箇所だけじゃないらしい。何箇所も起きて、今ふもとから順番に復旧作業中だそうだ」

「何日くらいかかるの？」

千恵子が真剣な顔で言った。

「二、三日と言ったな」

「で、死体のことは？」

「最初は殺人事件かと思って向こうも緊張したが、屋根から落ちて事故で死んだらしいと言ったら、とたんに興味をなくしたようだ」

「でも、あと何日も放置しておくわけには」

更科が手を揉み、チラッと澄子を見た。

澄子は、じっとテーブルの一点を見つめていて恐ろしいほど無表情である。

「写真を撮ってから、どこかに安置しておけばいいんじゃないかい？」

千衛が協一郎を見た。協一郎はギョッとしたような顔になる。

「カメラはあんたの専門なんだろ。ついでに撮ってくれよ。証拠物件だ」

「そうだそうだ」

みんなに言われて、協一郎は逃げ場所を探すようにきょろきょろし、長田に目を留《と》めた。

「それを言うなら、立派な機材を持ってきた彼に撮って貰ったらどうだ？　俺のは芸術写真だからね。冗談じゃない、死体なんか」

協一郎は、長田を指差し、吐き捨てるように呟いた。

長田は、あきらめたように溜息をついて立ち上がる。

「それでは、立会いをお願いしますよ。僕が遺体をいじったとは言われたくありませんからね」

長田はカメラの準備を始めた。

「どこに運ぶ？」

「車庫の隅がいいんじゃないか。サラさん、古い毛布か何かないかね」

「はい、探して持っていきます」

千蔵と千衛、長田と更科が出て行った。協一郎と千恵子はついていくか迷っていたが、怖いもの見たさが勝ったのか、そそくさと遅れて出て行った。

昨夜は気温が低かった。もう死後硬直が始まっているに違いない。闇の中に放り出されているぐにゃりとした影が目に浮かんだ。

澄子の夫。

井上は、相変わらず一点を見つめたままの澄子に目をやった。

彼女は何を考えているのだろう。屋根から落ちて死んだ夫が、家の外に放置されているというのはどういう気持ちだろう。長年彼女を苦しめてきた夫、今やもう彼女に手出しはできない夫。

「正直、ホッとしています」

それが、澄子の言葉だと、井上は一瞬気付かなかった。

顔を上げると、チラッと澄子は井上を見た。

「私がどう思っているか知りたかったんじゃないんですか」

澄子は低く呟いた。

「いえ、その」

井上は言葉を濁したが、澄子は続けた。

「ゆうべも千恵子さんと同じことを考えていたでしょう。私が彼を誘ってここまで連れてきたのではないか。ひょっとして、これは私が仕組んだことなのではないか。あなたもそう思っていたはず」

澄子は独り言のように呟いた。

やはり、不思議な女だ。井上は改めて思った。見ていないようで見ている。気付いていないようで気付いている。おどおどしているようで冷静だし、ぼんやりしているようで鋭い。

井上は、正直に答えることにした。

「仮にそうだとしても、今やあなたの殺意を証明するものは何もないですね。あなたのアリバイはみんなが保証してくれることだし」

澄子はかすかに笑った。

「正直言って、本当にホッとしています。悪いけど、今はまだ、とてもじゃないけど悼《いた》む気持ちにはなれないんです。まだ、怖い。まだ信じられない。死んだはずのあの男が、今にもむっくり起き上がってあたしの後ろに立って、『俺が死んだと思って喜んだだろう!』って殴《なぐ》りかかってくるんじゃないか。『そうはいかない。お前を喜ばせてたまるか』って、蹴《け》り倒されるんじゃないか。そんな気がして」

澄子はチラリと後ろを見た。その恐怖に満ちた目付きから、いかに死んだ男が彼女にとっての暴君だったかが窺えた。

「小野寺君、といったね。君は、ゆうべ、屋根から男が落ちたのは気付かなかったのかい?」

「ええ。全く」

急に千次に話し掛けられて、青年は面食らったように背筋を伸ばした。

「我々が外に出たのは分かっただろう？　あれだけ懐中電灯を振り回していたんだから」

「ええ。あの時は、てっきり僕を捜しに来たんだと思ったんです。慌てて遠くに逃げましたよ」

「確かに、最初はそうだった。でも、そのあとで金切り声がしたんだ。それで、裏に回ったらあの男が死んでいた」

「金切り声？」

「そうだ。聞かなかったかい？」

「いいえ。分かりませんでした。なにしろ、ゆうべはひどい雨と風でしたからね。かつらが落ちるんじゃないかと夢中で」

井上は、この青年が頭を押さえて長いスカートで逃げ惑《まど》っているところを想像して、思わず笑いを噛み殺した。どことなく、ひょうきんな雰囲気のある男だ。

「あのう、なんだかとっても複雑なことになってるみたいなんですけど——詳しい話を聞かせていただいてもいいですかね。どうせ、僕たち、一蓮托生《いちれんたくしょう》なんですし」

小野寺は、好奇心を覗かせた。それまでは影の薄い、どちらかといえば気弱そうに見えたのに、おかしな男だ。自分の立場がよく分かっていないらしい。もし彼の話が本当だったとしても、よくこの状況でこんな質問ができるものだ。

千次も同じ感想を抱《いだ》いたのか苦笑した。

「本当に、君に仕事を依頼した女は存在するのかね？」

少々皮肉を込めて青年を見ると、青年は大きく頷いた。

「ええ、存在します。でなければ、僕はここにはいなかったわけですから。崖崩れがなければ、僕は皆さんに会うこともなかったし、ここにいることもなかった」

「確かに、崖崩れは予定外の出来事だな。だが、君がここに来たことは予定外だったんだろうか」

「皆さん、やけに疑い深いですね。なんだったら、うちの劇団に電話して、主宰者と話してみてくださいよ。彼もあの女性に会ってますから」

小野寺はあきれたような声を出した。

「君には悪いが、疑わざるを得ない状況なんでね。我々は『訪問者』を待ってるんだから」

「『訪問者』？」

「ああ。君は『訪問者』かね？」

千次は正面から小野寺の顔を覗き込んだ。

小野寺はきょとんとした顔をしている。

千次は、今度は井上の顔を見た。

「どうだね、最初からちょっと検討してみないか。あまりにも短期間のうちにいろいろなことが起きたからね。ここで、新入りの彼も聞きたがっているようだし。彼がどの程度関わっているのかは分からないが、これまでのところの話を聞かせて困るようなこともないだろう。逃げ出すこともできないし」

「そうですね――そもそも、どれが始まりだったんでしょう」

「コーヒーでも淹れます」

澄子が立ち上がった。

「ああ、それはありがたい。そろそろみんなも戻ってくるだろうから、みんなの分も淹れてくれないか。考えてみれば、もう朝食の時間だな」

千次は時計を見た。


奇妙な、弛緩《しかん》した雰囲気がテーブルの上に漂っていた。

昨日、ここを雑誌記者と騙《かた》って訪ねてきた時とは全く違う。まだたったの一日しか経っていないのだ。そして、あと二日で昌彦の指定した期限は切れる。まだ誰も父親だと言い出す者はいない。

井上は、焦りを感じた。最初から、自分がここにいる間に父親が名乗り出てくれるとは思っていなかった。でも、朝霞家を辞せば、直《じか》に自分に連絡が来るのではないかという望みを持っていたのだ。だがそれも、道が塞がれてあと数日ここを動けないのであれば、可能性が消えてしまう。

昌彦、すまん。こんなことになるとは。

井上は心の隅で親友に謝った。

それにしても、一体ここで何が起きているのだろう。

「一晩でこんなにお客が増えるとは思わなかったな」

千蔵が、コーヒーを飲みながら、半分愚痴のように呟いた。

「まあ、どうせ皆逃げも隠れもできないんだから、次ちゃんの言う通り、もう一度順番に話を検討してみてもいいんじゃないかい」

千衛があきらめたような口調で言った。

一通りいろいろなことが起きて、しかもこの場所に閉じ込められた形になってしまったことで、かえって皆の間に開き直りのような気持ちが湧いてきたのは明らかだった。興奮、緊張、疑惑、恐怖、と、次々と新たな感情に支配されてきたこの場所が、今では奇妙に寛いだ雰囲気に満たされている。

井上は、口火を切ることにした。

「千次さんが、例の手紙を受け取ったのは、今週の頭だとおっしゃいましたね。『もうすぐ訪問者がやって来る。訪問者に気を付けろ』でしたね」

「そうだ」

「私たちが取材を申し込んだのは、もう二週間も前ですね。そのことは、ここにいる皆さんがご存じだったわけだ。我々は、皆さんに『気を付け』られては困る立場ですから、その手紙は送っていません。もっとも、その手紙が誰に『気を付けろ』と言っているかが、謎の一つなわけですね。もし、我々が『訪問者』ならば、我々の目的が峠昌彦の父親捜しにあると知っていて警告したことになります。それはすなわち、やはり皆さんの中に峠昌彦の父親がいるということになりはしないでしょうか」

「峠昌彦。あの、ひょっとして、このあいだ亡くなった、映画監督の峠昌彦ですか」

突然、小野寺が素っ頓狂な声を上げたので、みんながたしなめるように彼の顔を見た。

彼はたちまち赤くなり、うなだれる。

「失礼しました。僕、監督のファンだったもので。初期のものから全部観ています」

「君は自分の立場が分かってないようだな」

千蔵が冷たい声で言った。

「まだ、君が泥棒の片棒をかついだという疑惑は消えていないし、君がここで見聞きしたことをよそで漏らそうものなら、必ず住居侵入罪で訴えてやる」

「そ、そんな、滅相《めっそう》もない。僕は、ここで聞いたことをよそで話したりはしませんよ」

「劇団の人間にも？」

「もちろん」

「ねえ、あなたにチサちゃんの役を頼んだ人は、何て名乗っていたの？」

千恵子が尋ねた。

「アサカ、と名乗ってましたね」

「朝霞。下の名は？」

「さあ、そこまでは」

みんなの間につかのまの沈黙が降りた。朝霞と名乗っているところを見ると、その女（まだその存在を疑う気持ちもあったが）は、やはり確信犯的なのだろう。「嫌がらせ」と言い切るところといい、そこには明白な悪意がある。だが、なぜ今さら？

「手紙の主を云々するよりずっと前に、我々の前には二つの死がある。朝霞千沙子の湖での死、そして峠昌彦の死、だ。どちらも事故死だと思われているが、千沙子は死ぬ前に、誰かとボートに乗っているところが目撃されていたし、昌彦は自分の死を予感していた。この二つの死が殺人なのか否《いな》か。特に、昌彦は、自分の父親に殺されるのではないかと危《き》惧《ぐ》していた」

「え、なんだい、昌彦を殺したのは、実の父親だっていうのかい？」

千衛がひきつった声を上げた。

「ええ。少なくとも、彼の書いたシナリオ『象を撫でる』を読んだ限りでは、実の父親の殺意を感じるところで終わっています」

「そんな」

男たちは黙りこんだ。

「あのう」

間の抜けた声がした。

またしても小野寺である。みんなが睨みつけるように彼を見たので、彼は身体を縮めたが、それでも声はひるまなかった。

「申し訳ありませんが、峠昌彦監督と、朝霞家の関係がどうなっているのか教えていただけませんか？」

教室で教師に質問しているような口調だった。あまりにもストレートな質問なので、かえってみんなが毒気を抜かれている。

千次が苦笑した。やはり、生徒の質問に答えるのは教師である。

「朝霞家の当主であった朝霞千沙子は、かつて身寄りのない子供を引き取る施設を運営していた。そこに、高校時代の後輩の峠晶子が昌彦を連れてやってきた。晶子は、やがて昌彦を置いたまま出奔《しゅっぽん》。飲み屋で働いていたが、ヒモの男に殺され、男も自殺する。昌彦は母方の祖父母に引き取られる。千沙子は財政的に彼を支援していたと思われる。そして、彼の父親がこの朝霞家の誰かであることを匂わせていた。だから、彼自身も、遺言で、自分の著作権は、父親に譲ると言っている。ただし、父親が自分がそうだと名乗り出た時のみという条件さ。ここにいるのは、その父親候補だ。もちろん、今のところ誰も名乗り出ていない。身に覚えがないからか、後ろめたいからかは不明だが」

「でも、監督は、自分の父親が自分を殺す可能性を示唆《しさ》しているわけですよね。それでいて名乗り出ろというのも不自然な話じゃありませんか。その人物が殺人犯だと暗に言っているようなものだし」

小野寺は淡々と呟いた。

おかしな男だ。いつのまにか、議論の輪に加わってしまっている。

「朝霞千沙子という人の話は聞いたことがあります。それが、自分の演じた人物だと気付いたのは、この家の表札を見てからでしたが。確か、女傑という感じの人でしたよね？先代の朝霞大治郎でしたっけ、一代で企業を作った大物でしたね。その人を継いだのがその女の人だったんですよね」

千蔵が、一瞬不愉快そうな顔になった。今更ながらに、きょうだいをさしおいて姉が家督を継いだという事実に改めて思い当たったのだろう。

「とても厳しい人だったと聞いています。先代も、その女の人も」

小野寺は、ゆっくりと呟き、考え込んだ。

その口調に奇妙なものを感じて、みんなが彼に注目した。

「今聞いたお話ですと、峠昌彦監督の父親を知っている人、もしくは知ろうとしていた人が亡くなっていますね」

小野寺は、さらりと言った。

「え」

みんなが思わず声を漏らす。

「昌彦親子の面倒をみていた朝霞千沙子。彼女は当然父親が誰か知っていましたね。もちろん、監督の母親も。そして、監督は父親を知っていると思っていた、もしくは知ろうとしていた。亡くなっているのは、この三人です」

「確かにそうだな」

協一郎が唸るように頷いた。

「それがどうした?」

千蔵がイライラした口調で尋ねる。小野寺のおっとりした口調が気に障るらしい。

「だとすると、峠昌彦監督の父親は、一人しか考えつかないのですが」

沈黙が降りた。

小野寺は、のんびりコーヒーを飲んでいる。

「今、なんと?」

千次が小野寺の顔を覗き込んだ。

「ええと、峠昌彦監督の父親ですよ。僕には、一人しか思いつきません」

「なんだと? 冗談を言ってるんだろうな?」

千衛は、泣き笑いのような複雑な表情で尋ねた。

「いいえ、僕は本気です。ただの直感ですけど」

「で、それはいったい誰なんだ?」

千蔵が詰め寄る。

小野寺は、みんながあまりに真剣な表情なのに驚いて、頭を掻いた。

「朝霞大治郎ですよ」

「なに」

みんなが身体を反らした。

「なんだって」

「親父だと?」

口々に声が漏れた。

「じゃ、何かい、昌彦は僕たちの——僕たちの、弟だったたっていうのか?」

千衛がゴクリと唾を呑み込んで呟いた。

「はい。そう考えたほうが自然だと思うのですが。たぶん、峠昌彦監督は勘違いしていたのでしょう」

小野寺はこっくりと頷いた。

「朝霞大治郎も、朝霞千沙子も、身内には厳しい人だったと聞いています。だからこそ、朝霞一族は栄えたわけですし。なのに、わざわざ施設まで作って、息子の若気の至りの後始末をするでしょうか？　さっき、そちらの方は『かつて』施設を運営していたとおっしゃっていました。つまり、一時期だけの運営だったわけですね。きっと、昌彦監督の面倒を見るために施設をわざわざ作ったのでしょう。監督と母親が来る前から施設はあったそうですが、本当は、あらかじめ、作っておいたのではないでしょうか。大治郎と、昌彦監督の母親との関係が、同意の上だったのか、何かトラブルがあったのかは分かりませんが、そのことを隠し、母親を見張るためにも、親子ともども自分の施設で面倒を見る必要があったんじゃないでしょうか。現に、そのあと母親が逃げ出してあまりよい最期を迎えていないところをみると、トラブルだった可能性のほうが高い。朝霞千沙子が親身になって面倒を見たのも、父親の名誉を守るためだったんじゃないでしょうか。だとすると、誰かにとって、峠昌彦監督が大治郎の息子であるという事実は、隠蔽《いんぺい》したい事実だったと思われます。監督本人が、父親を知りたいと考えていたことも、その誰かにとってはまずいことだったのではないでしょうか」

辺りはしーんと静まり返っていた。

「誰かって誰よ?」

千恵子が、突然、険のある声を上げた。

小野寺はびくっとして、目を吊《つ》り上げた彼女を見たが、のんびりした声で答えた。

「うーん。それは分かりません。朝霞家の人たちかとも思ったんですが」

「それはおかしい」

千次が口を挟んだ。

「昌彦が親父の子だったら困るという人間は確かにいるだろう。遺産の分け前が減るのは困る、と私たちみんなが考えるかもしれない。その場合、昌彦と母親を殺すのは分かる。だが、千沙子を殺す必要はない。むしろ、親父の尻拭《しりぬぐ》いをしているのは彼女だし、その代わりを務める気がある人間がいるとは思えない」

「そうだよ。どっちにしろ、チサ姉に死後もこうして首根っこを押さえられてるんだから」

千衛がぼやいた。

「そうなんですよ」

小野寺も頷いた。

「昌彦監督が大治郎の息子であったという事実を知っている人を消さなければならない理

由というのが思いつかないんです。特に朝霞千沙子をなぜ消さなければならないのかは不思議です。遺産がらみなどではない、何か他の理由があるのかもしれません」

辺りは再び静まり返った。

なんだか、おかしな展開になった。井上は、みんなの考え込む表情を見ながらそう思った。しかし、この青年は、いったい何者なのだろう。いきなりやってきて、ズバリと洞察《どうさつ》してみせて、我々が思いもつかなかったことを言い出すなんて。

井上は、小野寺を眺めた。相変わらず淡々とコーヒーを飲んでいる。

だが、彼の説明はみんなを納得させた。確かに、無駄を嫌い公私混同を嫌う朝霞千沙子が、たった一人の子供のために施設を作った理由が、その子の父親が大治郎だったからだとすれば頷ける。秘密を背負《せお》わされた千沙子の苦悩も、峠晶子の転落も。

「ところで、事故で亡くなられて、車庫に運んだという方の件は、どういういきさつなんですか？」

小野寺が、思い出したように尋ねた。

みんながバツが悪そうに澄子を見る。

澄子は無表情に口を開いた。

「私の夫です。いわゆる、ドメスティック・バイオレンスに悩まされて、逃げ回っていたのですが、金に困って私の職場にやってきて、一緒にここに来て金目のものを盗む間、みんなを引きつけておけと言われたんです。それで、二階から忍び込もうとして足を滑らせて落ちたんです」

ぼそぼそと話す彼女の顔を、小野寺はじっと見つめている。

「私は、峠昌彦監督と、同じ時期、施設にいました。それで、施設を出てからも何度か会っていたんです。この家も、シェルター代わりに使わせてもらっていました」

「ああ、なるほど、そういう繋がりだったんですね」

小野寺は納得したように頷いた。

「ママー」

その時、廊下からバタバタと走る音が聞こえてきた。

みんながかすかに動揺する。愛華だ。彼女はまだ、父親の死を知らないのだ。

そういえば、ゆうべ、「黒いカエル」の話をしたっけ。彼女は、千沙子の死の間際《まぎわ》、最期の時間を一緒に過ごしていた人間を見ていたのだろうか？

ドアを開け、愛華がにゅっと部屋の中を覗き込んだ。

細い目が大きく見開かれる。新参者がいるのにも、大して驚く気配はない。来客には慣れているのだろう。

「あれえ、みんな、朝ご飯食べちゃったの？　愛華の分は？」

「ごめんごめん、あんまり愛華がよく寝てたから、起こすのが可哀相で」

澄子が朗《ほが》らかな声を出し、飛びついてくる愛華を抱きとめた。

「えーっ、みんなと一緒に食べたかったなあ」

愛華はすねる素振りをする。

「すぐ用意するからね、愛華ちゃん」

更科が腰を浮かせ、澄子にぶらさがるようにしている愛華と三人でキッチンに向かった。

「ええと、あれは、あの人の」

「娘だよ」

「へえ、ふーん、なるほど」

小野寺が、じっと瞬きもせずに三人の後ろ姿を見送っている。


「――ところで、君はこれに見覚えはあるかね?」

千次が、コーヒーのお代わりを飲んでいる小野寺にさりげなく話し掛けた。

サイドボードの上に置かれた木彫りの象。

「いえ。これが何か?　象ですね」

小野寺は象をしげしげと覗き込む。

「随分、古い。何か由緒《ゆいしょ》のあるものなんですか？」

逆に聞き返される。

「いや。大したものじゃない。君は、家の中には入るなと言われていたそうだが、呼び鈴は？　昨夜、呼び鈴は押したかね？」

「いいえ。今朝、ここに来るまでは一度も触れていません」

小野寺は無邪気な顔で首を振る。

井上は、千次の質問をじっと聞いていた。彼は何気なく小野寺に昨夜のことを確認している。

そうだ。あの象の問題があった。峠昌彦が子供の頃から大事にしていたという象。

誰が置いていったのだろう。誰がベルを鳴らしたのだろう。

千次が置いたのではないかと誰かが言っていた。応対に出たふりをして、置いておいたのではないかと。確かに、あの時ベルを聞いた記憶がない。ただ、あの時は既にひどい天候だった。聞こえなかったとしても不思議ではない。

いったい誰が？

どことなく宙ぶらりんの時間が、ゆっくりと過ぎていった。

小野寺が昌彦の父親について、現時点では決定的とも思える仮説を唱《とな》えたことで、井上と長田の訪問に関して一段落したような雰囲気が漂っていた。それと同時に、みんな彼らに興味を失ったようで、あとは思い思いに復旧を待つという感じである。

　確かに、朝霞大治郎が昌彦の父親というのは正しいように思える。「男の子は男親と声がそっくりになる」と千沙子が口を滑らせたのも、彼女の父と彼女のきょうだいとを指しているのだろう。

　だが、よく考えてみると問題は何も解決していない。もし昌彦の父が大治郎だったとして、それでは誰が昌彦を死に至らしめたのか？　千沙子は？　そもそもなぜ千沙子は死に至ったのか？　昌彦は死の直前、なぜここに向かっていたのか。千沙子はなぜ昌彦に湖を残したのか。


　湖。


　井上は、ふと窓の外を見た。

　どんよりとした曇り空で、相変わらず外の景色は寒々しい。

「ちょっと出てきてもいいですか？」

「どこに？」

「湖を見てみたいと思って」

「ああ、なるほど。私も行こう」

「僕も行ってもいいですか？」

井上と千次が立ち上がると、小野寺も付いてきた。元々が人懐こい性格らしい。長田も加わり、四人で外に出た。みんなが怪訝そうな顔をしていたが、「湖を見に行く」と言うと、「お宝が見つかったら教えてくれよ」と冗談半分、本気半分で念を押された。

「お宝？」

小野寺が好奇心を覗かせる。

「あるらしいんだよ、お宝が。この湖にね」

千次が些《いささ》か茶化して言った。

「金銀財宝ですか？」

小野寺が真面目な顔で言ったので、みんなで笑う。

「そうではない。凄く価値のあるものだが、普通の人が見ても分かるようなものではなく、ずっと先にならないとその価値が分からないようなものだそうだ」

「なんだか、禅問答みたいですね。それは、朝霞大治郎の言葉ですか？」

小野寺が首をかしげた。

「そうだ。君の車はどこにあるんだい？」

「もっとずっと先です。ここ、凄く広いんですね。ゆうべも車に戻る途中で迷っちゃったくらいで。ワゴン車、凄く冷えて寒かったです。暗くて怖いし、うとうとするのが精一杯でしたよ」

小野寺は夜のことを思い出したのか、怯えた顔をした。

本当におかしな男だな、と井上は彼を見た。勇気があるのかないのか、図々しいのか図々しくないのか、よく分からない。

そんなに大きな湖ではない。

一部が屋敷の裏に隣接していて、ゆるやかなS字形をしている。森が隠している部分があるせいで、奥行きが感じられ、神秘的な雰囲気を醸《かも》し出している。

森の陰に、ひっそりとボート小屋と船着場が見えた。

「深いんですか？」

「見た目よりはね。夏も水温が低いんで、泳ぐなとよく言われていた。子供たちは、夏になると水遊びをしたがるからね」

「ふうん。泳ぐなというのは、何か意味があるのかな」

小野寺が呟いた。

井上と千次は彼を見た。

「いや、泳ぐと、何かバレるからとか。分かりませんけど」

意表を突いた発言をする男だ。

だが、いつのまにか、密かに彼に期待する気持ちがあることに、井上は気付いていた。

この男なら、何かを見つけてくれるのではないか。昌彦が探していたものの正体に気付かせてくれるのではないか。

馬鹿な。見知らぬこの男、劇団員という言葉を鵜呑みにすればだが、それ以外よく知らない男を頼りにするとは。井上は密かに苦笑した。

「あのう、あなたがた二人は、朝霞家の方ではないようにお見受けしますが、どういう関係なのでしょうか？」

湖の周りをゆっくりと歩きながら小野寺が尋ねた。その視線は、井上と長田を見ている。

確かに、千次たちに比べ、自分たち二人は異質に違いない。微妙な緊張関係もあったことだし。

「俺は、昌彦の友人でね。弁護士をしているので、彼の遺言を伝えにここに来たんだが、朝霞家の顧問弁護士に会いたくなかったんで、最初は雑誌記者を装ってここに入りこんだんだ。一緒にいる彼は、昌彦と一緒に仕事をしていたカメラマン」

「なるほど、そちらの方は監督とは仕事仲間だったんですね。それで、父親を捜しに。同時に、もしかすると監督の死は事故ではなかったかもしれないと考えていたと」

小野寺は即座に頷いた。

話の呑み込みが非常に早い男だ。

しかし、たったこれだけの会話でよくこんなに素早く人間関係が理解できるものだな。

ふと、そんな疑問が脳裏を過《よ》ぎる。

「問題は解決したんですか?」

小野寺は井上を見る。井上は肩をすくめた。

「君の、父親は大治郎という説は、かなり説得力があったよ。みんなもそう思ったらしいし、俺も正直言ってそう思った。このままでいくと、その説で決定されそうだね」

「その場合、彼の著作権はどうなるんです?」

「俺が引き継ぐことになる。彼には家族がいなかったからね」

「ふうん」

湖は恐ろしいほどに静かだった。

どのくらいの深さがあるのかは分からない。深緑というよりは、ほとんど黒に近い色だ。風が止んでいる今、鏡のようだと言ってもいい。底はまるで見通せないし、魚も見当たらないようだ。もっとも、この季節、何かの魚がいても底のほうでうつらうつらしているだけだろうが。

「静かですねえ」

小野寺は岸辺でしゃがみこんだ。

「魚はいないんですか」

「昔からあまり見かけなかったな。どこかから水が流れ込むわけじゃなし、きっと水中の酸素が少ないんだと思う」

千次が小野寺の後ろから水面を覗き込む。

ひっそりとした湖は、神秘的なのを通り越して、少し怖かった。ここで千沙子が死んだことを知っているからかもしれない。

井上はそっと屋敷を振り返った。

なるほど、あの窓が、愛華が「黒いカエル」を見たという窓か。確かに、この辺りは、山の斜面の角度からいって、西日だけが差し込むのだろう。

「普通の人が見ても分かるようなものではない——ずっと先にならないと分からない」

小野寺は呟いた。

「自然、ですかね」

ふと、顔を上げる。

「自然？」

他の三人が声を揃えた。

「ええ。この場所ですよ。今時、私有地でこれだけの規模を持っている人はなかなかいないでしょ。売却するとすれば、自治体もお金がないし、しょせん買うのは大規模なデベロッパーで、開発、伐採《ばっさい》、切り売り、というルートを辿るのは目に見えています。このままの姿で残ることはまずない。でも、ここは必要最低限しか手が入れられていないし、人を寄せ付けない雰囲気があって、素敵な場所じゃないですか。朝霞大治郎にエコロジー思想があったかどうかは知りませんが、ずっと先になれば分かるものって、この場所そのもののことじゃないですかねえ」

井上たちはぽかんとした顔で小野寺を見た。

「見かけによらず、ロマンチストなんだねえ、君は」

千次が半ばあきれた声で言った。小野寺は小さく笑った。

「そんなことありませんよ。僕は現実的です。お金が欲しくてここに来たんだから――こんな面倒に巻き込まれるかもしれなかったのに。あれ、だとすると、やっぱロマンチストかな」

小野寺はぶつぶつ呟いた。

井上はくすりと笑った。が、小野寺が急に井上を振り向いたので面食らった。

「著作権、というのはどうなんでしょう？」

「え？」

「著作権というのは、何かの動機にならないんですかね？」

「動機？」

井上は聞き返した。

小野寺は、水面に向かって小石を投げた。鏡のようだった水面が歪み、揺らいだ波紋が広がっていく。

「峠昌彦作品は、三大映画祭でも認められて、海外にも売れている。ビデオの著作権料など、馬鹿にならない金額なんじゃないですか？」

その静かな口調に聞き流していたが、よく考えてみると、それは井上に向かって放たれている言葉だった。千次と長田もかすかに緊張するのが分かる。

「それは俺に対する糾弾《きゅうだん》かい？」

井上は、むしろ面白がるような気分になった。

本当に面白い、このおかしな若者は。

「僕の印象では、どうもあなたは本当に父親に名乗り出てほしいと思っているとは思えないんです。どちらかといえば、父親は峠昌彦監督を殺した犯人というイメージを植えつけようとしているとしか。なぜかと考えていたんですが、なんと、父親が見つからない場合、著作権はあなたのものだというじゃありませんか。だからそれが動機かなと思ったんですが」

「動機というのは、当然、俺が昌彦を殺した動機ということだよね？」

「いえ、そうとは限りません。あなたがここにやってきた動機ですよ。たまたま監督は、事故なのか殺人なのか分からないけれど亡くなった。あなたは遺言の内容を見て、著作権を欲しいと考えた。だから、父親を捜すふりをして牽制し、誰にも異議を挟ませずにすんなり自分が著作権を継承する、それがここにやってきたあなたの目的だったのかもしれません。僕はそんな可能性について考えてみたんです」

「なるほど、面白い。証拠は？」

「ありません。僕の印象だけです」

　小野寺はあっさりと答えた。

「そうかい。よかった」

　井上は多少わざとらしく安堵の溜息をついてみせた。

「君のワゴン車はどこにあるんだい？　見たいな。敷地内に入っていて気付かないとは思えないんだが」

　千次が小野寺に尋ねた。

「ひょっとして、まだ疑ってますか？　僕がゆうべここに立っていたこと」

「いや、それは疑っていない。私が疑っているのは、君に仕事を依頼した人間だ。君が千沙子の扮装《ふんそう》をするように誰かに頼まれたのは確かだろう。羽澤澄子の旦那と組んでいたかどうかは分からない。それは、君に千沙子の扮装をするよう頼んだ誰かが彼と組んでいたのではないかと思っている」

　やはり、千次も自分と同じことを考えていたのだ、と井上は思った。

「だが、君は嘘をついていると思う。君に仕事を依頼した人間は、やはりこの屋敷の中にいたと思う。崖崩れは予定外だったんだろう。ここから出られないことに気付いた君は、最初にでっちあげの依頼人の話をして、君への依頼者に、自分が嘘をつくという意思を伝えたんだ」

「本当に疑い深いですね、皆さんは」

小野寺は立ち上がり、歩き出した。

「どうしてそんなふうに考えたんですか？」

小野寺は千次の顔をちらっと見た。その表情には、気を悪くしているという様子はない。

「君が、依頼者は五十くらいの女だと言った時だよ。我々の中には明らかにいない人物を口にしたからだ」

「実際にそうだったからですよ」

「そうかな」

かすかな緊張感が四人の間に漂っていたが、小野寺について三人は黙々と歩き続けた。

「随分歩くんだな」

「だから、見つからないようにですよ」

ワゴン車はこんなところに、という場所にあった。

大きな柳の木の下に壊れかけた道具小屋があり、その中にすっぽり車が入っていたのだ。

「ほら。かつらと、ワンピースと、毛布です。まだワンピースは乾いてませんよ。なにしろ、びしょぬれになったから。でも、一回限りだからいいやと思って」

小野寺は、後ろの座席から髪の毛が乱れたかつらを取り出してみせた。

確かに、後ろがお団子結びになっている、我々が目撃した女の髪型に違いなかった。

「ふうん」

みんなで車の周りをうろうろする。

「君は、昨日の朝早くここに来たと言ってたね？」

千次が小野寺に尋ねた。

「ええ。夜明け前には着いてましたよ」

「そうかね」

千次が意味ありげに呟くと、小野寺はかすかにたじろいだ。

みんなで何も言わずに湖に戻る。

千次は、何を言おうとしたのだろう。井上は、千次が車の下のほうを見ていたのを思い出した。あれは、タイヤを見ていたような気がする。タイヤに何が？

黙々と歩いていると、奇妙な感慨に襲われた。

なぜ俺たちはここにいるのだろう。

千次と長田が、湖を見ながらぼそぼそと何事か話している。

「時に、さっきふっと思ったんですけど」

小野寺は井上の隣を歩きながら呟いた。

「うん？　なんだい？　また著作権かい？」

小野寺は頭を掻いた。

「違いますよ。あの女の子」

「愛華ちゃんかい？」

「ええ。あの子、誰かに似てませんか？」

「誰かって？」

「ええと、その。言いにくいな」

「アイドル歌手とか、タレントとか」

「そうじゃありませんよ。つまりですね、彼女の母親とかつて施設で一緒だった——」

井上は愕然《がくぜん》として小野寺を見た。

「おい、まさか」

思わず声が大きくなる。

「峠昌彦監督ですよ」

小野寺は、さらりと言ってのけた。

井上は、自分の中で衝撃を反芻《はんすう》した。

まさか、愛華が、昌彦との娘？

「彼女は、施設を出てからも会っていたと言っていましたよね」

「だからといって、そんな」

「彼女のご亭主の暴力は、必ずしもただのドメスティック・バイオレンスではなかったのではないですか。パッと見た僕がそのことに思い当たるくらいですから、ご亭主はもっと早くにそのことに気付いてたんじゃないでしょうか」

「まさか」

井上はぼんやりと呟いた。

しかし、ここに来た時——思えば自分も似たようなことを考えなかっただろうか。

長田のカメラ機材をしげしげと眺めている愛華の姿が目に浮かぶ。

昌彦も小さい頃は、あんな感じだったんだろうか、と口にしたことを思い出す。

そうだ、最初、彼女が昌彦の遠縁だと聞かされて、俺は違和感を覚えなかった。本当は、血縁者ではなかったのに、すんなり納得してしまっていたのだ。

澄子のあきらめたような、無表情な顔が思い出される。頑固なようで脆《もろ》く、弱いようでしたたかなあの表情。

「もしそうだとすると、どうなるというんだ?」

井上は独り言のように呟いていた。

「もしそうだとすると、あの女の子は、朝霞大治郎の孫ということになります」

小野寺がそっけなく言い放ったので、井上はギョッとして彼を見た。

「でしょ? 僕の説が当たっていたとして、ですが」

井上は、思わず唸り声のようなものを上げてしまった。

そうだ。愛華は朝霞大治郎直系の孫ということになる。ということは、遺産相続権もあるということになる。

「峠監督も、そのことを承知していたんじゃないですか?」

小野寺は更に続けた。

「昌彦が?」

「ええ。澄子さんが、つらい立場に立たされていることはじゅうぶん知っていたはずです。そして、愛華ちゃんが自分の子だということも。だからこそ、監督は、自分の父親が誰かということにこだわっていたんじゃないでしょうか。朝霞家の誰かが自分の父親であれば、ゆくゆくは愛華ちゃんに何かを残せるのではないかと思っていたのかもしれない」

「これまで、誰も気付かなかったんだろうか」

「さあ、どうなんでしょう。もしかして、気付いていた人がいたのかもしれません。だからこそ、監督の父親を知っていた人がいなくなったのかもしれませんよ」

井上は、頭が混乱してくるのを感じた。

昌彦は、これまでそんなことはおくびにも出さなかった。だが、彼は妻子を持たなかった。それは、単にその機会がなかったからだと思っていたのだが。

脳裏に、誰かの言葉が蘇った。


だけど、次ちゃんは独身を通した。死んだ峠晶子に操を立てていたなら説明がつく。しかも、息子までいたんだ。次ちゃんの性格から言って、別に妻子を持とうなんて考えないだろう。


そうだ、千次が昌彦の父親じゃないかと考えていた千衛の言葉だ。

あれが、そっくりそのまま昌彦と澄子に当てはまらないだろうか。

いつ彼らが再会したのかは分からない。その頃、もう既に澄子は結婚していたのかもしれない。

「じゃあ、やはり愛華は誰かに狙われていると?」

「さあ。それは分かりません」

「だが、君の話だとそういうことになるじゃないか」

「うーん。そうかなあ」

小野寺はまた頭を掻いた。

「さっきから君の話を聞いていると、朝霞大治郎の血筋であるということよりも、昌彦の父親が誰かということのほうが重要なように聞こえるね」

「ああ、ええ、そういうことなんだと思います」

小野寺は、井上のぼやきを真《ま》に受けたのか、大きく頷いた。

「これはね、きっと遺産相続とか、財産とか、そういうことが重要なんじゃないんだ、という気がするんですよね」

小野寺は独り言のように呟く。

井上は、肩透かしを食らったような気がした。

こいつこそ、禅問答みたいな奴だな。

だが、井上は、今、小野寺が重要なことを言ったような気がした。何だろう、今何を感じたんだろう。

「あっ」

突然、小野寺が小さな声を上げて立ち止まった。

「僕ね、分かりました」

「え？」

井上は、小野寺の言葉を聞きとがめた。

「何が分かったんだい？　朝霞千沙子と峠昌彦を殺した犯人かい？」

「いいえ、違います」

「じゃあ、何が？」

小野寺は、ニッと小さく笑った。

「『訪問者』ですよ」

「なんだって？」

「『訪問者』が誰か、ですよ」

「誰なんだ？」

「僕です」

「は？」

小野寺は、もう一度井上の顔を見て笑った。

そして、にこやかにこう宣言したのだった。

「『訪問者』は僕だったんです。そのことが、今やっと分かったんですよ」

第五幕　ふるやのもり

来客を告げるベルが鳴ったところを、愛華は想像した。

ほら、ベルが鳴りました。お客さんですよ。誰か出てきてください。

愛華は千沙子の部屋の絨毯の上に座り込み、古いドールハウスの中の人形を動かす。

彼女は、もう人形遊びは卒業したと自分では思っていた。この年頃の少女は、少しでも自分を大人っぽく見せたいものだし、彼女もそういう少女の一人だった。実際、彼女は同年代の少女に比べれば、内面的な部分で遥《はる》かに大人びていた。しかし、この家に来た時は別だ。大人たちが多いのと、それが望まれているのとで、彼女はここでは普段よりも子供っぽく振る舞っていた。子供というのは、自分がどんな役割を求められているか、本能的に察知しているものなのだ。

それに、愛華はこのドールハウスが気に入っていた。千沙子の部屋の大きな戸棚に飾ってあるもので、これを使って遊ぶのは彼女だけだった。もちろん、彼女はとても丁寧に扱ったし、遊んだあとはきちんと元通りにしておく。

これは、千沙子がイギリスで買ってきたドールハウスで、どっしりとしたチーク材で作られている。二階建てで中が区切られた部屋は、一階がキッチン、食堂、居間、二階が子供部屋と寝室になっていた。調度品の一つ一つが丁寧に作られていて、壁もちゃんと布張りになっている。愛華は壁に掛けられた絵や、緻密《ちみつ》な細工のテーブルや椅子を飽きずに眺めていた。四人の木の人形は、パパとママと姉と弟。細長い木に色を塗っただけの、そっけない素朴な人形だったが、それがこの古いドールハウスによく似合っていた。

おうちにいるのはパパとママ。そして、守られた子供たち。

愛華はそう呟いてみる。

だけど、この人形たちだって分からない。もしかしたらこの取り澄ましたように見えるパパはひどい癇癪《かんしゃく》持ちで、ママや子供たちを殴っているのかもしれないし、従順に見えるママだって、じっと仕返しの機会を窺っているのかもしれない。

愛華は無表情に人形たちを動かす。

澄子が車で駆けつけてきた時、愛華はすぐに母親の緊張に気が付いた。

母は、愛華を見ると、秘密のサインを送ってきた。

パパが近くにいるというサイン。気を付けなさいというサイン。

愛華は了解したことを母に示した。そのサインは、これまでも彼女を度々《たびたび》救ってきた。

彼女はいつでも逃げられるように身構えることに慣れていたし、大事なものはママが作ってくれた薄いポシェットに入れて、常に身に付けていた。当座の交通費や、テレホンカードや、家の鍵など。とにかく、あたしがパパにつかまらないことが肝心なのだ。

大事なのは、靴だ。愛華と澄子は、自宅の数箇所に靴を置いていた。玄関、ベランダ、自分の部屋。澄子は、丸められるゴムのシューズをポーチに入れて、愛華に持たせていた。どこででも取り出して履けるように。窓からでも、どこからでも逃げ出せるように。

とにかくパパにつかまってはならない。あたしがつかまると、ママも逃げられずパパにひどい目に遭わされる。二人がバラバラで逃げた時に落ち合う場所も幾つか二人で決めてあった。この家はその一つだった。サラさんの名前を出せば、お金が足りなくてもタクシーで来られるし、この家に着けば、サラさんが料金を払ってくれる。サラさんには、ママも全幅の信頼を寄せている。これまでも、彼女の機転で、危ないところを何度も母子で助けられてきた。本当に、サラさんは頼りになる。こんなにお世話になりっぱなしでいいのかなと、子供の愛華ですら思うほどだ。

サラさんのいるこの家は、愛華にとって最後の牙城《がじょう》だった。恐らく、ママにとってもそうだろう。その家に、とうとうパパがやってきたのだ。でも、見える場所にはいない。堂々とこの家に入ってくる気はないのだ。きっと、どこか近くに潜《ひそ》んでいるのだろう。でも、大丈夫。こんなに大人が沢山いるのだから、家の中にいる限りは大丈夫だ――

「やあ、素敵なドールハウスだねえ。年代ものだ」

少女の夢想を、能天気な明るい声が遮《さえぎ》る。

愛華はきょとんとして顔を上げた。

今朝増えていた新しいお客。ここに来るお客の割には若いし、随分くだけた格好をしている。だが、悪い人ではなさそうだ。

「大おばちゃまのよ。時々借りてるの。ちゃんと戻すから」

「分かってるよ。君がきちんとしてるってことは」

男は当然だというようににっこり笑って頷いた。それで、愛華の彼に対する印象は更にぐっとよくなった。

「おじさんは誰？」

「小野寺敦っていうんだよ」

男は苦笑しながら答えた。「おじさん」という言葉に反応したところを見ると、まだ若いのかもしれない。

が、改めて男の顔を見上げた愛華は、何かに気付いたようにじっと顔を見つめていた。

あまりにもしげしげと見ているので、男は居心地悪そうな顔になる。

「どうかした？　何か僕の顔に付いてるかな？」

愛華は男から目を離さない。

「おじさん、湖のところに立ってたでしょう」

「え？」

「あの時は、大おばちゃまの格好してたけど」

男は驚いた顔をした。

「へえ。愛華ちゃんは、目がいいねえ。よく僕があの時の大おばちゃまだと気付いたね」

「どうしてあんなことをしたの？」

「いやあ、参ったな。凄いなあ。頼まれたんだよ」

「誰に？」

目を逸らさずに睨みつけてくる愛華を見ながら、男は頭を掻いた。

「ごめん、それはちょっと言えないんだ」

男はそっと後ろの廊下を振り返る。

「ふうん」

愛華は不満そうな声を漏らしたが、それ以上は追及しなかった。

「へえー。これが千沙子さんのドールハウスかあ。シックだなあ。外国製だね。さすが、向こうのドールハウスは本格的だ」

男はぺたんとしゃがみこむと、愛華と並んでドールハウスの中に見入った。

愛華は、むしろドールハウスに興味を示す彼のほうに好奇心を覚えたらしく、調度品をしげしげと眺めている男を見つめている。

「面白い？」

冷めた声で半ば揶揄《やゆ》を込められた言葉に、男は堂々と頷いた。

「うん、面白い。君はこのドールハウスの持ち主にも会ったことがあるんだよね？」

愛華はこっくりと頷き返す。

「どんな人だった？」

男は目を見開いて愛華の顔を覗き込む。愛華は考え込む表情になる。

「──お星さまの匂いがする人」

熟考の上、少女はそう答えた。男はきょとんとした顔になった。

「お星さま？　それって、空にある星のこと？」

「そう」

「それって、どんな匂いなの？」

「うーん」

愛華は更に考え込む。

「うまく言えないなあ。でも、大おばちゃまが教えてくれたの。この匂いはなあにって言ったら、お星さまの匂いだって」

「お星さまの匂い？」

戻ってきた小野寺の口からその言葉を聞いた時、井上は奇妙な心地がした。

「ええ。千沙子さんがそう教えてくれたんだそうです」

小野寺は無邪気に頷く。

本当に不思議な男だ。

井上は、半ば感心しながら男の顔を眺めた。

簡単な昼食を済ませた、静かな午後だった。

なんとなく、グループは三つに分かれていた。千蔵、千衛、千恵子、協一郎のグループと、千次、井上、長田、小野寺のグループ。更科裕子、羽澤親子はそれとは距離を置いてひっそり固まっている感じだ。

井上は、別のテーブルを囲んでボソボソと話をしている千蔵たちきょうだいのグループにチラッと目をやった。

いつのまにか、この奇妙な集団は、この状態で安定しつつあった。外部と遮断された状態なので、どうしようもないというのもある。とにかく道路が開通して警察が来るまでは、この均衡を保ち続けなければならないのだという、暗黙の了解みたいなものが屋敷の中に漂っていた。なにしろ都合四人もの大人が予定外の滞在を続けているのだから、食料が持つのかと心配していたが、来た時に千恵子が「一月近くは籠城できる」と豪語していたのは嘘ではなく、大型冷蔵庫や食料の貯蔵庫にはかなりのストックがあったので、正直ホッとしていた。ただ、少しずつ生鮮食料品がなくなってきていると更科は言っていた。だが、麓《ふもと》から順に復旧工事をしているとなると、あと数日は我慢しなければなるまい。

その間に、昌彦の父親は判明するのだろうか？

先の見えない状況に、井上は閉塞《へいそく》感を覚える。

こうして家の中でひたすら蟄居《ちっきょ》しているというのは初めての体験だった。いつも飛び回っている身としては、かなりつらい。

「変だな。あの子は、最初に僕に会った時もそう言ったんだ」

記憶を確かめながら井上は首をひねった。

「あの子が？」

「ええ。僕たちがここに着いて、あの子が庭から走ってきた。考えてみれば、君が最初に湖のところに現れたのを見て、走ってきたんだね。その時僕にぶつかって、言った言葉がそれだよ」

「ふうん。何か思い当たるものはありますか？」

「さあねえ。千沙子さんと同じ匂いだなんて、光栄なような恐ろしいような」

「失礼。ちょっといいですか。このジャケットは、ここに着いた時から着てらっしゃる？」

あきれたことに、小野寺は井上に寄ってくると、くんくんと犬のように鼻を寄せて匂いを嗅ぎ出した。

「いや、あの子がぶつかったとなるともうちょっと下か」

そう呟いて、腰をかがめて顔を近づける。

「おいおい。やめてくれよ」

「何かコロンとかつけてますか？」

小野寺は顔を上げて井上を見た。

「いいや。僕は匂い関係が苦手でね。整髪剤だってあまりつけたくないほうなんだ」

「でも、確かに何か——かすかにいい香りが」

小野寺は自分の席に戻り、じっと考えこむ。

井上たちは、小野寺の顔を見守っていた。この男には、なんとなく衆目《しゅうもく》を集めるところがある。さすがに役者だ。次に何を言い出すかと、期待させられてしまうような雰囲気があるのだ。彼は、いつのまにかみんなから話を聞き出し、我々がここに来てからの出来事をすっかり呑み込んでしまっていた。

「分かったような気がします」

小野寺は、おもむろに顔を上げた。

「匂いの正体が？」

みんなが驚いた顔をした。まさか本当に分かったと言うとは思わなかったのだ。

だが、小野寺は涼しい顔で頷いている。

「ええ」

「なんだい？」

「愛華ちゃんは、たぶん間違えて覚えてたんじゃないかな」

「間違えてる？」

「はい。千沙子さんはこう言ったはずです。『お星さまの匂い』ではなく、『星の王子さまの匂い』って」

「『星の王子さまの匂い』？」

「サン＝テグジュペリか。ああ、そうか。ひょっとして」

千次が頷いた。小野寺も彼と目を合わせ、頷く。頭の回る二人だ。

「なんですか？　私には分からない」

井上が痺《しび》れを切らすと、千次が井上の顔を見た。

「『夜間飛行』だよ。有名な香水の名前だ」

あとを引き取って小野寺が続けた。

「そうです。千沙子さんは、香水の名前を教える時に、サン＝テグジュペリの同名の著作をもじったのでしょう。愛華ちゃんがそれを尋ねた時は、今よりもずっと小さかったはずですから、『夜間飛行』という言葉の意味が分からないと思ったのかもしれません。小さな子供だったら、『星の王子さま』のほうが親しみがあるでしょうからね。だからそう言った。愛華ちゃんは、それを縮めて『お星さま』と覚えてしまったわけです」

「なるほど。だけど、私はそんな香水はつけてないよ」

井上は頷きつつも、納得できない表情で首をひねった。

「チサ姉がそんな洒落たものをつけていたとは驚いたね。確かあれは、官能的な香りとして有名じゃなかったっけ」

千次も意外そうな顔をする。小野寺は心得たとばかりに大きく頷く。

「はい。だから、千沙子さんも、井上さんの奥様も、同じ使い方をしたんじゃないでしょうか」

「え？」

井上は思わず小野寺の顔を見た。

「香水を使うのは難しいものです。自分に合わない香りのものを貰った時、女性は自分ではつけず、芳香剤代わりに使うと聞いたことがあります。僕の劇団の女優さんも、カーテンや玄関に吹き付けたり、ハンカチや肌着を入れる引き出しに、香水を吹き付けた布を入れておいて、しまってあるものに香りが移るようにしているんだそうですよ」

井上は、反射的にジャケットのポケットに手をやった。

「そうか、ハンカチか。全然気が付かなかった」

くしゃくしゃになったハンカチを取り出して、鼻を近づけてみる。確かに、かすかな香りが残っていた。そういえば、ここに来る前、歩いている間に緊張と興奮で紅潮してきて、汗を拭った覚えがある。ハンカチを出し入れした時の残り香《が》がジャケットに残っていたわけだ。

井上は母親と二人暮らしだった。母も引き出しにそういうことをしていたのだろう。

「しかし、君は恐ろしい男だな。よくそんなことを思いつくもんだ」

長田が半ばあきれ、半ば感心した声を出した。

小野寺は左右に首を振る。

「恐ろしいのは愛華ちゃんですよ。何年も前に教えられた千沙子さんの香りを覚えていて、しかも井上さんのジャケットのかすかな匂いを同じ匂いだと嗅ぎ分けていたんですから。僕が千沙子さんに化けていたのも見抜いたし。恐るべき観察力ですよ」

ふと、井上の脳裏に昌彦の顔が浮かんだ。

昌彦と似ている、と小野寺が指摘した時の衝撃が胸に蘇ってくる。本当に、彼女は昌彦の娘なのだろうか？

皆が同じことを考えていたに違いない。

千次が真剣な目で口を開いた。

「君は、やっぱり愛華が昌彦の娘だと考えているのか?」

「さあ」

小野寺は困ったような顔をした。

「それは分かりません。でも、そう考えたら、澄子さんのご主人の暴力とか、昌彦さんが父親捜しにこだわったこととかの説明がつくような気がするんです」

「――そういえば」

長田が口を挟んだ。

「さっき、『訪問者』は僕だ、と言いましたね。あれはどういう意味なんですか?」

「そうそう。私も聞きたいね」

千次が頷く。小野寺は、ちょっと慌てたような顔になった。

「いやあ、あの時はなんとなくそんな気がして、思わず口走っちゃったんですけどね」

「でも、そんな気がした原因があったわけだろう? それは一体何だったんだ?」

井上も畳み掛ける。

「ええと、大した根拠ではないんですが、こういうことです」

小野寺は、渋々口を開いた。

「僕に朝霞千沙子役を命じた人が、千次さんに手紙を出したということです」

「なぜ?」

「そりゃあ、僕を見つけてもらうためですよ」

「君を？」

「ええ。なにしろ、僕はチョイ役ですからね。外をうろうろして目撃してもらうためだけの、台詞もない端役《はやく》です。下手すれば、誰にも見つけてもらえないエキストラになる可能性もあった。だから、この屋敷の中の人たちに、なるべく外部に注意を向けていてもらう必要があったわけですよ。それも、できることならよく気が付く、注意力散漫でない人に注意を喚起していてもらいたい。その人が千次さんを選んだというのは正しいですね。失礼ながら、他の方よりも、あなたは冷静だし注意力も観察力もおありになるようだ。実際、あなたはずっと『訪問者』を待っていたわけだから、人選は正しかったといえるでしょう」

「なるほどね。君を見つけてもらうためか」

「はい。みんなに驚いてもらいたい、怯えてもらいたいというのが依頼者の目的ですからね。気が付いてもらえないんじゃどうしようもない。『もうすぐ訪問者がやって来る。訪問者に気を付けろ』とあったら、とりあえずみんな外から来る人を警戒するでしょう。侵入しようとする人が現れるかもしれないと、見回りを強化するかもしれない。それがその手紙の目的だったと考えれば、その手紙の指す『訪問者』は僕だということになります」

「確かに」

他の三人は感心して頷いた。小野寺の説明は筋が通っている。

「で、依頼者は誰なんだ？　我々の中にいるんだろう？　まだ、五十代くらいの見知らぬ女だと主張し続けるつもりなのかね？」

千次が、かすかな嫌味を込めて笑みを浮かべた。

小野寺は苦笑いする。

「困ったなあ。信じてもらえませんかね。本当に、その女性は存在したんですよ。それに、例えば依頼者が千次さんだったとしたら、やっぱりこの場では言えないでしょう」

さらりとかわしてみせるところはなかなかの心臓だ。

「ほほう。そう来るか」

千次はニヤニヤ笑っている。彼はこの状況を楽しんでいるようにも見えた。

「それよりも、僕は、一つ嫌なことに気が付いてしまいました」

小野寺は真顔に戻って、みんなの顔を見回した。

「嫌なこと？　なんだね？」

千次も表情を引き締める。

「愛華ちゃんは、父親――澄子さんが逃げ回っていたほうの男です――が、この家に来ていたことを知っていると思います」

「え？　知っているって、じゃあ、死んだのも？」

「恐らく」

「まさか。知っていたら、あんなに落ち着いているものか」

思わず井上は声を低めた。なんとなく、四人とも身を乗り出してひそひそ話でもするような雰囲気になる。

「彼女は、一人で人形遊びをしていました。僕が見た時は、ぼんやりとして、自分が人形を動かしていることも意識していないようでした」

小野寺はためらうように、一瞬口をつぐんだ。

「それで？」

千次が促す。

「あのドールハウスをご存じですか？　中に人形があったでしょう。家族の人形」

「ああ、知ってるよ。両親と、子供二人だろう？」

「ええ」

小野寺は頷いた。

「愛華ちゃんは、父親の人形だけ、外に出していました。しかも、横にして、上に布をかぶせていたんです」

「まさか」

みんながギョッとしたような顔になった。

「まるで、そのままの状態じゃないか」

「ええ。彼女は何が起きたのか知っているんです」

「考えすぎじゃないか」

「だったらいいんですけどね」

小野寺は素早く周囲を見回した。その無意識らしい仕草が、他の三人を緊張させる。

「でも、もし彼女が知っていたとすると、また話が違ってくるんです」

小野寺はいっそう声を低めた。

「というと？」

嫌な予感を押し殺しながら井上は尋ねる。

「あの子はとても利口な子です。自分の置かれている立場をよく承知している」

小野寺はつらそうな顔になった。

「井上さんは、あの事故――澄子さんのご主人が二階の千沙子さんの部屋に忍び込もうとしたのは、ご主人の提案ではなく、澄子さんの提案だった可能性についておっしゃっていましたが、もしかすると、もう一人共謀者がいたのかもしれません」

「おい。まさか、愛華のことを指しているんじゃないだろうな」

千次が声を硬くした。

「そのまさかです」

小野寺は後ろめたそうな顔になった。

「実際に、母と娘の間に何か打ち合わせがあったのかどうかは分かりません。だけど、父親が近くにいることを知った以上、彼女はどうすべきか考えたはずです。母親を守らなければならないと思ったでしょうね。父親は、正面からは入ってこられないだろうし、人がいる一階には入らないだろう。父親がお金に困っているのはよく知っている。こっそり入ってくるとすれば、盗みをするに決まっている。だとすれば、家長《かちょう》であった千沙子の部屋に入るだろうと予想しても不思議じゃありません。彼女は千沙子の部屋に入って、父親が侵入してこようとするところを待っているだけでよかったんです。そして、不意打ちを食らわせるだけで。これなら、子供にもできます」

井上は、その場面を想像して思わずゾッとした。

外は横殴りの雨。閃光に照らされて、一人の男が必死に二階まで登ってくる。暗い部屋の中で膝を抱えて待つ少女。彼女は身動《みじろ》ぎもせず、じっとしている。窓に手を掛け、割ろうとする男。その瞬間を逃さず、彼女は内側からパッと窓を開ける。もしくは、棒か何かで突いてもいい。悪天候で風雨にさらされ、部屋の中には誰もいないと思っていた男の不意を突くにはそれでじゅうぶんだ。

あの夜はどうだった？　井上は素早く記憶を探る。

愛華は閃光の中に千沙子を見たと言い張り、井上たちもそれを見て、外に出た。考えてみれば、あのあと愛華の姿を見ていない。寝かしつけたのだとばかり思っていたが、彼女が二階にこっそり上がっていても不思議ではない。部屋で一緒にいたのは澄子だし、彼女が娘のアリバイを証明してくれる。もしも、彼女が二階にいるのを見つかったとしても、事故を装うことは難しくない。窓の外に誰かがいた、と騒げばいいのだ。

「まるで見てきたような話をするね」

千次が鼻白んだ声で座り直した。

「すみません、根拠の薄弱な推論ですけど」

小野寺は素直に認めた。だが、彼の推論は妙に生々しかった。

あの冷静な愛華。印象のまちまちな澄子。二人は強い絆《きずな》で結ばれているし、余計なことは絶対口にしないだろう。

妻に暴力を振るう夫が、改心するのはなかなか難しい。もし、愛華が本当に昌彦の娘だったら、余計に難しいだろう。だから二人は――

ついつい、想像してしまう。証拠は何もない。澄子も自分が疑われても仕方ないことを承知していた。いや、ひょっとしてあれは、娘をかばっての発言だったのかもしれないではないか。恐らく、二人は何も言わなかったのではないか。一言も打ち合わせず、何も口に出さない。しかし、どうすべきか痛いほど分かっていたはずだ。

「確かに君は『訪問者』かもしれないね」

千次が奇妙な声を出した。

「は？」

今度は小野寺が怪訝そうに彼を見る番だった。

「君の話には、他人を煽動《せんどう》する力がある。トリックスター的要素というか。だが、我々は君のことを何も知らない。君は全く我々とは関係ない。君はいったい何者なのかね？」

千次は小野寺を探るように見た。その淡々とした口調は、聞いている者を空恐ろしい気分にさせる。

小野寺は面食らった顔になる。

「何者か。うーん。そんなことを説明できる人間がいるんでしょうかね。自分が何者か知っている人なんて」

苦笑しながら彼は答えた。

「すみません、図々しいのは自分でも分かってるんですが、ついついひと様のことに首を突っ込んでしまうんです。ええと、僕が朝霞家と関係ないということだけは自信があります。そういう意味では、僕は確かに歓迎されざる『訪問者』というわけですね」

小野寺は落ち着いた目で千次を見返した。

「何の言い訳にもなりませんが、僕は割と昔からこういう星の巡り合わせになるんです。他人のトラブル——失礼。でも、やはりこれはトラブルですよね——子供の頃から、自己主張はしない代わりに他人の真似が得意でした。そのせいか、いろいろ頼み事をされることが多かったんですね。恋人のふりをしてくれ、とか、通りがかりの目撃者になってくれ、とか。ちょっと前に、TVドラマでもあったの知りませんか。プライベート・アクター。劇場や映像でなく、個人の依頼を受けて演技する役者。僕は、まさにそれだったんです。長じて、売れない役者をやるようになりましたが、そういう依頼だけは途切《とぎ》れない。そりゃ、演技すると言えば聞こえはいいですが、実際は、誰かを騙すために雇われるわけです。胡散《うさん》臭い話、ヤバそうな話、奇妙な話もありましたよ。だけどまあ、その都度《つど》巻き込まれてはなんとか乗り切ってきました」

「乗り切ったというのは、君が解決したということかい？」

井上は興味を覚えて尋ねた。プライベート・アクターという商売に好奇心を覚えたのだ。確かに、日常で演技者を必要とする場面は多々ある。需要はありそうな気がした。

「そういう時もありました」

小野寺は、はにかむように頷いた。

「トリックスターならぬ名探偵ということかね。ここの事件はどうだね？　快刀乱麻《かいとうらんま》を断つごとく解決してくれるのかな」

千次が冷ややかな笑みを浮かべる。

「はあ、どうなんでしょう。だけど、事件なんて何もないじゃありませんか」

小野寺は頭を掻いた。

「何もないと？　これはまたどうして。謎だらけじゃないか」

井上は両手を広げてみせた。

「千沙子の死、昌彦の死、昌彦の父親、澄子の夫の死、隠し財産。君に芝居を頼んだ人間。分からないことが山積みだ」

「ええ。でも、実際はどれも事故として解決しています。隠し財産についてはよく分からないけど、他の件に関してはみんな事故かもしれないじゃないですか。さっきは愛華ちゃんを犯人にするような話をしたけど、これだって何の証拠もない。あてずっぽうです。ある意味で、皆さんは事件にしよう、事件を作ろうとしているようにも見えるんです」

「事件を作る？」

三人で口を揃えて聞き返すと、小野寺は涼しい顔で頷いた。

「ええ。皆さんは事件を欲しがっているんですよ。不穏で恐ろしい犯罪をね。それはいったいどうしてなんでしょう？」


静かな午後だと思っていたが、いつのまにかまた風が出てきているらしく、窓ガラスがかすかに震えているのが分かる。

なんだか時間の感覚がない。

千次と小野寺は、さっきから峠昌彦の遺作である『象を撫でる』を回し読みしていた。シナリオなので、そんなに長く時間は掛からなかった。一人は学者でもう一人は役者だ。二人とも読むのは速い。

ページをめくる紙の音だけが部屋に響いていた。

「ふうん」

「なるほどね」

二人はそれぞれに頷く。

それを横目で見ていた千恵子と協一郎が自分たちにも読ませろと言ったものだから、結局シナリオは愛華を除く全員に回された。もっとも、全員がきちんと読んだわけではなく、ざっとめくって流し読みをした程度だ。澄子も、どこかおっかなびっくりな手つきでそろそろとページをめくっている。更科は、当惑した顔と、懐かしそうな顔を交互に見せてシナリオを撫でていた。

久しぶりに、みんなで時間を共有しているという雰囲気になった。

どうせ道路が開通するまでの運命共同体というあきらめの心境もあるようだ。

「次ちゃんは、何か気が付いたかい？　昌彦が、自分の父親を誰だと考えていたとかさ」

千衛が上目遣いに尋ねる。

それは他のきょうだいも尋ねたい質問らしかった。みんながさりげなく返事を期待している様子が窺えたからだ。

「いいや。特に何もないよ」

千次はそっけなく答える。

「皆さんも、何か気が付きませんでしたか。私たちには分からない部分もあると思いますし。シナリオを読んだ感想でも結構ですよ」

井上が続けて言った。この際、思い出話でもなんでもいいからこの停滞した空気を打開したかった。短時間に次々と余計な人間がやってきてしまったため、自分たちの目的がぼやけてしまっているような気がしたのだ。それでは、昌彦に申し訳が立たない。

ふと、井上は奇妙なことを考えた。

目的をぼやけさせるため。

あの訪問者の手紙も、何が問題なのか焦点をぼかすために送られたのだとしたら——だとしたら、手紙の送り主がこれらの人物の中に隠してごまかしたいものとは、いったい何なのだろう。

訪問者に気を付けろ。

そんな手紙を送られたら、否《いや》が応《おう》でも屋敷を数日以内に訪れた人間に目が向けられるだろう。だが、本当の狙いは?

元々滞在している人間から目を逸らすため。

井上はその可能性に思い当たってハッとした。

訪問者に気を付けろ。そういう手紙が来て、誰かがやってきて、何かが起こったら、その訪問者によってその何かが引き起こされたと考えるのが普通だ。だが、それはあくまで外部の人間に注意を引き付けるためだったとしたら？

我々がここに来ることは、取材として申し込んであったから、元々の屋敷の滞在者はみんな知っていたはずだ。俺たちが来るのを知っていて、あえて澄子たちや小野寺を呼びつけたのでは？　でなければ、同じ夜にタイミングよく何人もここにやってきたことの説明がつかない。ならば、呼びつけた目的は？　澄子の夫を殺すことか？　千沙子の死因を突き止めるためか？　何を紛れこませるための『訪問者』なのだ？

井上は、自分が何か大事なものに触れたような気がしたが、それも一瞬のことで、するりと頭の中から消えていってしまった。

「父親は分からないけれど、一つ気になることがあるね」

千次がおもむろに呟いたので、みんなが彼を見た。

「この映画の語り手は誰だったかね？」

「視点ですね」

小野寺が口を挟んだ。

「このシナリオにはナレーションが入ってますけど、ト書きには男とも女とも書かれてませんね。一番最初のナレーションはこうです。『彼女が死んだことを知ったのは、彼女が死んで暫く経ってからだった』」

さすがに役者らしく、シナリオを読む時は声が変わった。よく通る、訓練された声である。みんなが一瞬感心するのが分かった。

「だから、そりゃ、昌彦から見たものだろう。女の息子からの視点だよ。はっきりしてると思うがね」

協一郎が肩をすくめてみせる。

「はっきりしてるというのは？」

千次が無表情に尋ねる。

協一郎はもう一度肩をすくめた。

「そのあとにこう続くからさ。『これは、ある女の生涯を複数の証言から再構築したものである』。昌彦の視点とはいえ、単なる三人称だよ。そんなに複雑に考えることはないさ」

「ナレーションは確かに三人称だと思うけど、視点はどうかな」

千次は腕組みをして、天井にちらっと目をやった。

「途中で、峠晶子と思われる主人公の女のモノローグがあります」

あとを小野寺が続けた。

「ええと、シナリオ貸してください」

小野寺がきょろきょろすると、澄子が持っていたシナリオを渡した。

ページをめくり、その箇所を探し出す。

「例えばここ。『主体性？　そんなものないわ。あたしにはいつだってそんなものはなかった。ずっと誰かに決めてもらってきた。優柔不断とか、いい加減だと言われてきたわ。でも、一つだけ確かなことがある。あたしが自分の意志で何かをしようとすると、必ずそれは失敗だったってこと。子供の時からなの。人が決めてくれた時はうまくいくのに、自分で何をするか決めると、いつもとんでもない結果になったわ。自分で決めろと言われる度に、あたしが自分の人生を選ぶ度に、あたしは少しずつ堕《お》ちていった。あたしはそのことを知っていたから、自分の人生を決めてくれるような人のそばにいなくちゃと思った。高校時代に、とても立派な友人がいたわ。その人なら大丈夫だと思った。だけど、やっぱりあたしが選んだ友人ね。とてもよくできた人間だったけど、結局その人が大きな災厄《さいやく》をあたしにもたらした』」

「それって、千沙ちゃんのことなのかしら」

千恵子が口を挟んだ。

確かに、こうして台詞を聞くと、そんなふうにも取れる。

小野寺は同意も否定もせずに続けた。

「ここには何も書かれていませんが、この台詞が、カメラの向こうにいる誰かに対して話し掛けられていることは明白です。むろん、監督や観客だとも取れる。だけど、こっちはどうですか」

小野寺は素早くページをめくった。

「『後悔なんかしていないわ。ね。そうでしょ？　こういう選択をするのがあたしという人間だったんだもの。きっともう一度選べと言われても同じことよ。あたしの最後はきっと彼が決めてくれる。それがどういう結末になるかは分からないけど、あたしは彼に任せようと思ってるの』。これなんか、明白に話し掛けている相手がいますね」

「ねえ、父親なんじゃない？」

これまた千恵子がかすかな興奮を滲ませて口を挟んだ。

「晶子は、昌彦の父親に向かって話し掛けているのよ。この映画の語り手は、昌彦の父親だわ」

「昌彦の父親はうちの親父ってことで結論が出たんじゃなかったっけ？」

千蔵が不機嫌な顔で呟いた。

「弁護士さん、うちの親父が昌彦の父親だとしたら、彼の著作権の継承権は、親父の相続をした姉、そして姉の相続をした我々がみんな同等の権利を持つことになるんだろう?」

彼は複雑な表情で井上を見た。

「それでいいじゃないか。私たち全員が父親だってことで」

千衛がホッとしたように頷いた。

「問題は、昌彦が誰を父親だと思ってたかってことなんだよ」

千次は相変わらず淡々とした声で呟いた。

千蔵と千衛が、鬱陶《うっとう》しそうな目付きで彼を見る。二人は、昌彦の父親問題に決着をつけたと思いたいのだ。

「次ちゃんは、どうしても僕たちの中に父親を見つけ出したいらしいな」

「ところどころに、妙なト書きがあるんだよ。気付かなかったかい?」

「妙なト書き?」

千次が目で促したので、小野寺は彼にシナリオを渡した。

なかなかこの二人はうまが合うらしい。というより、千次がきょうだいから浮いていると言ったほうが正しいか。

「昌彦のシナリオがいつもこうなのかは知らないが、ト書きの指定が大雑把《おおざっぱ》なところと、細かいところがあるのが気になってね。このシナリオは妙だ。主人公の女の独白のところは、ドキュメンタリーの手法みたいになっている。なぜそう感じるかというと、さっき小野寺君が読んでくれたところのように、明らかに彼女が画面の外の誰かに話し掛けているということと、こんなト書きがあるからだ」

千次は眼鏡を動かして焦点を合わせると、しっかりとその文章を読み始めた。

「『女の後ろの戸棚に、消えたＴＶが映っている。その画面に、女を撮っているカメラマンが映っている。髪の長い、サングラスを掛けた細身の男』」

みんなが一瞬、ほんの短い時間だけ顔を見合わせたのが分かった。

井上はその意味を測《はか》りかねた。顔を見合わせた人間も、その意味を理解していなかったような気がした。しかし、みんなが何かを感じたのだ。

千次だけは平気な顔で読み続ける。

「こんなところもある。『女の後ろには古い写真の入った額縁が掛かっている。そのガラスに、カメラマンがかすかに映りこんでいる。小太りの、髪の多い男』」

井上は当惑していた。

みんなが動揺しているように感じたからだ。長田と目を合わせるが、彼も同じ気配を感じているものの、理由が分からないらしい。

「ほら、ここにもある。『女の後ろは暗い車窓。窓の中に、通路を挟んだ反対側の席が映っている。髪がぼさぼさの、背の高い男が座席でビールを飲んでいる』」

「おい、ま、まさか」

千次の声を遮り、協一郎が慌てた声で小さく叫んだ。

「それって」

「もう一箇所」

千次は有無を言わさぬ口調でページをめくった。

「『店の中のクリスマスの飾りつけ。貧弱なクリスマスツリーに、銀色の玉が吊るしてある。その玉に映っている店の中の様子。席に座り、酒を飲んでいる男。鳥打帽《とりうちぼう》をかぶって、黙々とグラスを口に運んでいる』」

「おい。それは」

ついに千蔵も大声を出した。

みんなが青ざめている。千恵子や更科まで。澄子は混乱した顔で、みんなを見ている。

井上と長田は、なぜみんなの表情がこれほど変わったのか分からなかった。

千次はシナリオから目を上げて、井上を正面から見た。

とんとシナリオを軽く指で叩く。

「これは、若き日の我々なんだよ。最初のト書きに出てきた、カメラを持ったサングラスの男は協一郎。次のト書きの小太りの男は千衛。列車の中の座席の男は私。クリスマスツリーのボールに映っているのは、千蔵だね」

ト書きの中に。

今ここにいる男たちが。


その説明を聞いても井上たちの混乱は収まらなかった。つまり、どういうことなのだ？

「なるほど、『象を撫でる』、ですね」

小野寺がのんびりした声で意味不明のことを言った。

何を今更、タイトルを呟いているのだろう。

小野寺は、井上がそう思ったことを見抜いたかのように彼の顔を見た。

「『象を撫でる』、ですよ、井上さん」

彼はもう一度念を押すように繰り返した。

「僕たちは、最初、このタイトルを、監督の母親のことを指したものだと思っていました。幼い頃に亡くなった母親の生涯の断片を通して、母親のことを『撫でる』ものだと。『象』は母親だと思っていた。そうですよね？」

「ああ」

井上は怪訝そうな声で返事をした。小野寺は続ける。

「でも、本当はそうじゃない。彼の興味があるのは父親のほうだった。彼にとっての『象』は父親だったんですよ。だから、このシナリオの中で、母親は皆父親に向かって話し掛けている。しかも、彼女が話し掛けている父親はそれぞれ異なる。ガラスやTVの画面や列車の窓やボールに映っているのは、皆違う人間、そして、ここにいる、彼の知っている朝霞家の男性たち。彼は、父親を特定できていたわけじゃなかった。彼にとっては、それこそさっき千蔵さんがおっしゃった通り、朝霞家の男性たちみんなが自分の父親だと感じていたんじゃないでしょうか。だが、彼の中には漠然《ばくぜん》としたイメージしかない。父親として接したことはなかったわけだし、みんな同じように接していたからです。だからこそ、この映画のタイトルは『象を撫でる』なんですよ。彼の中での父親のイメージは、彼にとっては盲人の撫でる象と同じだったんです」

「私と似たような結論に達したようだね」

千次がかすかな満足感を覗かせて小野寺を見た。

だが、他のきょうだいたちは不満そうである。

「じゃあ、このあたりでロケハン云々の件はどうなの。昌彦が誰かに殺されたって話はどうなのよ。馬鹿らしい。昌彦が父親が誰だか分かっていなかったんなら、単なる戯言《ざれごと》だったってこと?」

千恵子がずけずけと文句を言う。

「いや、昌彦はちゃんと父親の悪意を感じていたよ。だから、シナリオのラストはあんなふうになったんだ」

千次はぼそぼそと呟くと、その先を小野寺に任せる、というように彼を見た。

「はあ。監督は、つまり、みんなに殺されると思ってらしたんじゃないでしょうか」

小野寺はあっけらかんとした明るい声で千次の言葉を引き取った。

「ええ？」

今度はみんながぽかんとした声を出す。

小野寺は困ったような顔、しかしやはり明るい顔で頷いた。

「彼は、自分が朝霞家のみんなに、共謀されて殺されると思っていたんですよ」

一瞬、間の抜けたような沈黙が訪れた。

井上は、千次と小野寺の言葉を頭の中で繰り返した。

みんなに殺される。朝霞家のみんなに、共謀されて、殺される。

「えーと」

千蔵が、ほとほと当惑した声を出した。

「みんなというのは、私たちのことだな？」

「はい。ここにいる皆さんです」

「皆さんて、どこまで入ってるんだ？」

「恐らくは、澄子さん、更科さんまで」

小野寺の明るい声に反して、みんなの沈黙が重くなる。

「昔、そういう推理小説を読んだよ。容疑者の全員が犯人だったたって話」

千備が、身体をもぞもぞさせながら呟いた。

「ああ、それそれ。それと同じです」

小野寺が嬉しそうに頷いた。

「千沙子さんの時はどうだったのかは分かりません。昌彦監督の時も分かりません。だけど、今回は、皆さん、共謀なさってますよね。目的は、たぶん、澄子さんのご主人を亡き者にするためだったのではないかと思われます」

小野寺は、ひやひやするくらいに楽しそうな口調である。そのせいか、周囲の人間も完全に毒気を抜かれてしまっているのだ。

「共謀って、その」

井上は小野寺の顔を見て問い掛けるが、こちらを見る小野寺の眼は無邪気で、何を考えているのかよく分からない。

「私も入ってるのかね？」

千次が面白がるような口調で尋ねた。

小野寺はきっぱりと頷く。

「はい。千次さん、あなたも入ってます。というか、あなたは重要だった。冷静なあなたが会話の誘導を引き受けていらっしゃったんですから」

井上は頭が混乱するばかりだった。

千次まで？　この一番常識人で、他のきょうだいから浮いていると思われる千次が？

「僕が疑問に思ったのは」

小野寺は、そこで初めて考え込むような物憂《ものう》げな表情を見せた。

「僕に仕事を頼んだ人が、本当にこの中にいなかったことです」

小野寺は部屋の中の顔を見回した。

「いない？　本当に？」

井上は念を押した。小野寺は、真顔で頷く。

「ここには昨日から今朝にかけていろいろな人がやってきた。僕がやってきたのは予想外だったんでしょうけど、もしここで、誰かが何かを企んでいて、いろいろなことを起こしているのであれば、僕の依頼者もここにいるべきだったんです。だって、実際、僕はここに呼ばれたんだから。そうでしょう？」

小野寺は首をかしげて井上を見た。

「僕は、この屋敷に入る予定ではなかったから、その人物はここにいたって構わなかったはずです。それに、僕に仕事を依頼した時の様子では、皆さんが怯えたり混乱したりする様子を見て楽しみたいという口調でしたし、逆に、あんな仕事を僕に頼むのならば、ここにいないほうがおかしい。僕はそう思ったのです」

井上はじわじわと胃の辺りが暖かくなってくるのを感じた。

これは緊張か？　それとも興奮か？　あるいは——

その言葉に思い当たる。

恐怖か？

「じゃあ、なぜその人物はここにいないんだろう。つまり、僕がここに来るのは重要だけど、彼女が僕に説明した目的は嘘っぱちなんだ。そう僕は解釈したんです。となると、ますますこの依頼は奇っ怪です。でも、その理由は、ここに来て分かりました。僕が外をうろついていた時間に、一人の男が死んでいたからです」

「澄子さんのご主人だね」

井上の声はカラカラになっていた。

小野寺は構わず続ける。

「容疑者は多いほうがいい。そのほうが、いろいろな犯人説が出るし、疑いを互いに分散させられる。僕が澄子さんが来るのと同じ日に呼ばれたのも、容疑者を一人でも多くするためだったんでしょう。井上さんたちがここに来る日にしたのも、目撃者と容疑者を増やすためで、監督の父親の話云々は全く予想外のことだったに違いありません。僕は、『訪問者に気を付けろ』じゃなくて、『訪問者大歓迎』だったんじゃないかって思いますね」

ふと、井上は、さっき感じた違和感が身体の中に蘇るのを感じた。

目的をぼやけさせるため。元からいる滞在者を目立たなくさせるため。

小野寺はまだ話を続けていた。

「ここに来て、短時間の間にいろいろな話を聞きました。千沙子さんの死のこと、昌彦監督の死のこと、先代の隠し財産のこと。何かにつけて、過去の亡霊が現れて、話を蒸し返す。だけど、全然触れられない話が一つあります。澄子さんのご主人の死です。実体のある死体はむしろそれ一つなのに、誰もその話をしようとはしない。僕が、皆さんが事件を作ろう、作ろうとしているという作為を感じたのはそのせいなのかもしれません。それだけ多くの、謎めいた事件があれば、天候の悪い晩に雨で滑る屋根から転落死した男の話など、あまりにも単純に思えますものね」

井上は、ぼんやりとここに来てからのことを思い浮かべていた。

俺たちは歓待された。宿泊するようにとみんなが熱心に勧めた。あれは、目撃者を増やすためだったのだろうか。

昌彦って事故だったの？　あたしは殺されたって聞いてたんだけど。

千恵子の口調が耳に蘇る。

あれも、目くらましの一つだったのだろうか。

澄子の話した、ボートの上のカエルの話。

あれも、過去へと目を向けさせるための仕掛け？

「皆さんは、千沙子さんの事故も、先代の隠し財産のことも、何の証拠も根拠もないことを承知の上で、いかにも事件であるかのように話をした。僕や井上さんたちにも、そちらの推理に注意を向けるように誘導しているように思えてなりません。だとすると、ここで起きた本当の事件は、澄子さんのご主人の死だけで、あとはこの事件を隠すための小道具なんじゃないでしょうか」

目的をぼかすため。

井上は、再びその言葉を心の中で繰り返した。

「皆さんの役割分担は実にスムーズだ。要所要所で話が逸らされ、澄子さんのご主人の件から目を逸らすようにしている。僕には、その連携プレーが昨日今日に出来たものとは思えない。同じようなことを、以前にも何度かやっているんじゃないでしょうか」

「ということは、つまり、君は、私たちが千沙子や昌彦も共謀して殺したというのかね？」

千次は相変わらず好奇心に満ちた口調を変えなかった。

「はあ」

小野寺も変わらずのんびりした返事をする。

「昌彦監督も、僕と同じようなことを疑っていたんでしょうね。千沙子さんが、皆さんの共謀で死んだのではないかと思ったのが『象を撫でる』を作るきっかけになったんじゃないでしょうか。自分の母親をモデルにした映画を作るのだと言えば、ここにも来られるし、ロケハンもできるし、当時のことをいろいろ調べることができる。彼は、千沙子さんには恩義を感じていただろうし、自分の父親にも興味があった。それらをひっくるめて朝霞家を告発するのが『象を撫でる』の目的だったんじゃないかと思います——みんなが父親である、とさっき千蔵さんがおっしゃったのは、図らずも、監督が考えていたのと同じだと思いますよ——すなわち、みんなに責任がある。みんなが犯人だ、というのと」

「昌彦は——ここにいるみんなに殺されたというのか」

井上はかすれた声で呟いた。

長田も黙り込んだまま、ぴくりとも動かない。

部屋の中には不気味な沈黙が漂っていた。

ふと、井上はみんなの顔を見回してみて、その表情が驚くほど似通《にかよ》っていることに気が付いて愕然とした。

さっきまでの表情は演技だったのだ。

井上はショックを受けた。

悪戯っぽくおきゃんだった千恵子も、神経質な千蔵も、磊落《らいらく》な千衛も、驕慢《きょうまん》さを覗かせていた協一郎も、表情のよく変わる澄子も、働き者の更科も——皆、一様《いちよう》に疲れたような奇妙な諦観《ていかん》を覗かせているのである。ただ一人、千次だけは淡々とした好奇心を隠そうともせず、腕組みをしてリラックスしていたけれども。

しかし、その沈黙を味わっているうちに、井上は別のショックがじわじわと身体を侵《おか》してくることに気付いていた。

我々は、ここに閉じ込められている。

道路が開通し、助けが来るまでの間、この人たちと。

千沙子を殺し、昌彦を殺したかもしれない人々と、今こうして同じ部屋にいるのだ。

井上は反射的に一歩後退《あとずさ》りをした。

小野寺の顔を見るが、彼はきょとんとしたままで、自分がどんなに危険な発言をしたのか全く気が付いていないようである。

やっぱり、この男、どうかしている。鋭いんだか、鈍いんだか分からない。

長田も身の危険を感じているらしく、井上と一緒に後退りしていた。

「いや、なかなか面白かったよ」

みんなを代表するように千次が頷きながら口を開いた。

「で、どうするつもりなんだい？」

千次はチラッと凄味のある視線で小野寺を見た。

「は？」

小野寺は、間の抜けた返事をする。

「もし、君の言う通りだったとしたら」

千次はゆっくりと顎を撫でた。

「我々が三人の人間を殺した殺人犯だとしたら、君たちは殺人犯と一緒に、山奥の屋敷の中に閉じ込められていることになるんだけどねえ。ねえ、井上君、どうする？　みんなは？　どうしようか、この人たちを」

千次は愉快そうに、きょうだいたちを振り返った。

しかし、彼らは、井上たちと同様、黙りこくったまま無表情で小野寺を見つめているだけだった。

終幕　おおきなかぶ

訪問者を告げるベルが鳴った。

「はーい」

更科裕子が、小走りに玄関に出て行く。

ガチャリとドアを開けると、明るい陽射《ひざ》しがサッと玄関を照らし出し、車寄せに停まっている二台のパトカーが見えた。逆光の中に実直そうな警官が立っており、帽子を外して更科に短く会釈した。

「おはようございます。随分時間が掛かってしまって申し訳ありません」

「おはようございます。お手数お掛けします。じゃあ、皆さんがいらしたということは、道路が」

「はい。今日の昼前に開通しました。仮工事なんで、これからまだ暫く工事が続くでしょうが、ご協力お願いします。皆さん、ご無事ですか?」

年嵩《としかさ》の警官が、家の中を覗きこむようにした。

更科は穏やかに微笑んだ。

「ええ、おかげさまで。よかったわ、道路が開通して。たまたまお客様が何人かいらしてて、ここで足止めをくらっていたところだったんです」

「そうですか。それは大変でしたね」

「じゃあ、一般の車も走れるんですね？」

「ええ。ところどころ片側通行になっている箇所がありますから、ちょっと時間は掛かるかもしれませんが、お帰りになる分には支障はないでしょう」

「よかった」

「ところでその――こちらでその、亡くなった方がいるとか」

警官はいいにくそうに口ごもった。

更科は頷く。

「そうなんです。ええと、おととい――いえ、先おとといの朝ですか。起きてみたら、家の外に倒れていて、そりゃもう、びっくりしましたよ。裏の方だったんで、もしかしたら何日も前からそこに倒れていたのかもしれません。どうやら、うちに忍び込もうとしていたらしいんです」

「そうですか。盗《と》られたものがおありで？」

「いいえ。なにしろ、悪天候でしたから、入る前に屋根で足を滑らせたか何かしたみたいです」

「それは不幸中の幸いという奴ですね。強盗に入られて、危害でも加えられたら大変なことになるところでした。あの崖崩れじゃ、救助に来るわけにもいかないし」

「ええ、何事もなくてよかったです」

「今、どちらに？」

警官は、視線を動かした。暗に死体の保管場所を指しているのだ。

更科は心得たように頷いた。

「なにしろ、あのお天気で、道路が不通でしたからね。現場の保存が大事だとは思いましたが、裏庭も水浸《みずびた》しで、土まで流れ出すありさまでしたので、車庫に移してあります。でも、たまたま居合わせたお客様でカメラマンをなさってる方がいらしたので、事故の現場の写真を撮ってあります」

「ほう。それはありがたい。よく気が付きましたね。顔は皆さん、ご覧になりましたか？」

警官は感心した表情になって尋ねると、更科は首を振る。

「いいえ。女子供もいるもので、幾人かの男性だけです」

「できれば、皆さんに顔を確認していただきたいのですが」

何人かの警官と、鑑識らしき人物と一緒に、更科と千次が車庫に向かう。

暫く作業や確認を行った後に、屋敷に滞在する全員が呼ばれた。

「申し訳ありませんが、皆さんにご確認をお願いします。この男をご存じの方はいらっしゃいますか？」

警官は、みんなに心の準備を促してから、遺体に掛けてあったビニールシートをそっとめくった。

もはや完全に色を失い、一個の物体となったものがそこに硬くなって横たわっている。

みんながびくっとして息を呑むのが分かった。

澄子がひきつったような音を喉の奥で鳴らす。

「申し訳ありません」

警官は紳士的に謝ったが、鋭い目は死体を注視する人々の表情をじっと抜け目なく見守っている。

澄子にしがみついている愛華が、ぎゅっと澄子に身体を押し付けた。しかし、その目は大きく見開かれ、床の上の男に向けられている。

みんなが小さく首を振った。

「知りません」

千蔵が不機嫌に低く呟いた。

「初めて見る男です」

協一郎が頷く。

「そうですか？　皆さん、知らない男なんですね？　どうですか、奥さん？」

警官はじろじろとみんなの顔を見回し、澄子の顔を覗き込んだ。

澄子は大きく左右に首を振る。

「見覚えありません」

彼女は小さな、しかしきっぱりとした声で答えた。

愛華がますます強く母親の身体に顔を押し付けてから、ふと顔を離して母親を見上げた。

「ねえ、ママ、この人、だーれ？」

「さあね。ママも知らないわ。どこか、よそのおじさんよ」

澄子は優しく娘の頭を撫でた。

みんなが冷ややかな目で床の上の男を見つめている。

気まずい沈黙。

警官は暫く全員の表情を見ていたが、小さく溜息をついて帽子をきゅっとかぶり直した。

「そうですか。あとは、こちらで身元を調べてみますが、また何かありましたら捜査にご協力ください。これから調書を取らせていただくので、今暫くお時間を頂戴《ちょうだい》いたしますが、よろしいですか？」

「はい、それはなんなりと。こちらも、気味が悪いですからな。なぜこんな男がうちの周りで死んでいたのか、きっちり調べてもらわないことには、寝覚めが悪い」

千蔵が、相変わらず不機嫌な表情を崩さずに大きく頷いた。

警官は、恐縮したように肩をすくめる。

「それでは、お部屋の方に戻りましょうか」

一緒にいた警官が声を掛ける。

「そうですな」

千蔵が鷹揚に同意すると、みんながぞろぞろと歩き始める。

「ねえ、サラさん、警察の皆さんも、お時間を掛けてここまでいらしたんだから、お腹《なか》が空《す》いてらっしゃるんじゃないかしら？」

千恵子が両手を握り合わせ、若い警官に微笑み掛けた。彼は、どぎまぎした表情で「はあ、いえ、そんな」と口ごもる。千恵子はぱちぱちと瞬きをする。

「ラーメンでも出してさしあげましょうよ。横浜《よこはま》から取り寄せた中華麺が沢山、手付かずで食料庫にあるはずだし」

「そうですね。じゃあ、準備しましょうか」

「あ、奥さん、お気は遣わずに。勤務中ですし」

年嵩の警官が慌てて手を振った。

「いいのよ。あたしたちもご相伴《しょうばん》しましょ」

千恵子は警官たちを煙《けむ》に巻くように愛敬を振り撒《ま》いていた。

明らかに面食らっている警官たちを見て、井上は苦笑いを浮かべる。

やれやれ、大したものだ。

ふと、千次と目が合った。彼も、冷ややかな笑みを浮かべているように見える。

二人は、なんとなく、車庫を出る間際に、もう一度床の上の死体を振り返った。

そこには、見知らぬ男が横たわっている。

ここにいる誰もが、全く名前を知らない男が。

井上と千次は、つかのまその男を見つめていた。

なんという結末になったことだろう。

井上は、不思議な気分になった。死体を見て感慨深く感じるというのもなんだか不謹慎な気がするが、実際そんな気分になったのだから仕方がない。ここに来てからのことが夢のように思えてならなかった。

しかし、あの時は、まさかこんなことになるとはちっとも予想していなかったのだ。

三日前の夕方、小野寺が無邪気にみんなの共謀だと見破ったあの時には――

彼は、あの時のことを思い浮かべていた――


部屋の中に異様な沈黙が降りた。

誰もが凍りついたように互いの顔を見つめている。

井上と長田は、知らず知らずのうちにじりじりと後退りをしていた。

千次以外の朝霞家の人々が、皆同じく能面のような表情でいるのとは対照的に、一人小野寺だけが平気な顔で座っている。

が、少し遅れて、ようやくみんなの表情に気が付いたらしい。

「え？　あれ？　なんですか、そんな。皆さん？」

腰を浮かせて、きょろきょろとみんなの顔を見回している。

全く、この男は本当に、鈍感なのか俊敏なのか、ちっとも分からない。

井上は心の中で苦笑した。

もしかしたら、俺たち三人、まとめて湖に放り込まれるかもしれないというのに。

そう考えて、思わずゾッとする。いかに老人たちとはいえ、多勢《たぜい》に無勢《ぶぜい》だ。抵抗するのは困難だし、第一、道路があの状況では、逃げ出しようがない。山の中、道に迷ってそれこそどこかから足を踏み外して転落するのが関の山だ。

が、その時彼は、自分が何か他のことに気を取られていることに気付いた。

こんな時に、何が気になっているのだろう。

頭の隅で考えるが、分からない。

くすっと誰かが笑った。

千次だった。肩をゆすり、くすくすと笑っている。

「何笑ってんだよ、次ちゃん」

千衛がたしなめたが、千次は笑い止めない。

井上は、その笑い声に余計に恐怖を感じた。

今度こそ、大きく後退り、長田と身を寄せ合う。

「あー、頼むよ、そんなにビクつかないでくれ。冗談だよ、冗談。我々は誰も殺してなんかいないよ」

千次は、井上に向かってひらひらと手を振った。

「え？」

井上は青ざめた顔を長田と見合わせる。

二人で、互いの顔の中に混乱を見ただけだったが。

「全く、君のせいだぞ。はた迷惑な男だな」

千次は、小野寺を睨み付けた。

小野寺は、千次に睨まれて身体をすくめる。

「そ、そんな。僕は何も。ただ、ちょっと思いつきを喋ってみただけなんですが」

「幸運だったのか不運だったのか分からんな。君みたいな男がやってきたのは」

「えっ？」

「やはり、君はトリックスターだったわけだ」

千次は小野寺の顔をじっと見つめて呟いた。

小野寺はもじもじする。

千次は何を言っているのだろう？

井上はもう一度長田と顔を見合わせてから、みんなの表情を改めてぐるりと見回した。

「もし皆さんが何もしていないというのなら、なぜ皆さんそんなに青ざめていらっしゃるんです？　まるで図星だというような顔をしてるじゃありませんか」

思い切ってそう尋ねてみる。

みんなが戸惑った視線を交わしていた。何かそれぞれ口に出したいことがあるのだけど、それを口に出していいものかどうか迷っているという雰囲気である。

「——時間切れを狙ってたんだがな」

突然、千蔵がいつものブスッとした表情になって吐き捨てるように呟いた。

「時間切れ？」

思わず井上は聞き返す。

千蔵は、面倒臭そうな声で答えた。

「そう。三日間が過ぎれば、昌彦の父親問題も消えて、君たちもあきらめて帰ってくれると思っていたのに。昌彦の父親は親父。そういう解決でじゅうぶんだったのに、こんなことになるとは」

ぼそぼそと、聞き取れないくらいの声だ。ほとんど独り言に近い。

「蔵ちゃん。そんなこと言っちゃっていいの？」

千衛が不安そうに口を開いた。

千蔵は、のろのろと椅子に座り直す。

「もう潮時《しおどき》さ」

千蔵は、簡単に答えた。

「ここまでいろいろと疑わせたんだ。このままじゃ、この先生方は、下界に戻っても、ただじゃ済ませないだろうよ。だったら、協力してもらったほうがマシだ」

「協力？　我々に、殺人の協力をさせるつもりなんですか？」

井上は鼻白んだが、千蔵は「くだらない」というように手を振った。

「だから、私たちは誰も殺してないんだよ。確かに、澄子の旦那は死んじまったけれど、あれは本当にあいつが勝手に死んだんだ。澄子が連れてきたのは確かだし、何を言ったのかは知らんが、欲をかいて屋敷に忍び込もうとしたのはあいつの勝手だ。事故なのは本当さ」

千蔵の淡々とした声を聞いていると、少しずつ落ち着いてくる。

「僕たちが澄ちゃんにしてやれるのはこれくらいだもんな」

千衛が、なぜかしょんぼりとした声で呟く。

井上は、頭が混乱していた。みんなが何を話しているのか、分かるような分からないような。今目の前で語られているこれは、何かの告白なのだろうか。

「あのー」

みんなの表情を見ていた小野寺が、間延《まの》びした声で恐る恐る口を挟んだ。

老人たちが彼を見る。

「ひょっとして、僕の推理、当たってたんでしょうか?」

千次が、今度こそ腹を抱えて笑い出した。

「君は、本当に自分のしてることがよく分かってなかったんだねえ」

千蔵と千次が大きく溜息をついた。

千恵子があきれた顔で腕組みをする。

「当たってたわ。一部はね」

「一部？」

小野寺が怪訝そうな顔で聞き返す。

「サラさん、ぼちぼち夕飯の時間よ」

千恵子はあきれた顔のまま、更科の方を見た。

「なんだか疲れたわ。続きは夕食で話せば？」

千恵子はきょうだいを見回した。誰にも異論はないようだった。


「そう。確かに、小野寺君の指摘は正しかったんだ。我々が澄子の旦那を呼び寄せ、彼の死から目を逸らさせようとしたことは、ね」

今夜は、二つのダイニングテーブルが一つにくっつけて並べられていた。

一つになったテーブルの片側には千次たち、片側には『訪問者』である、井上と長田、澄子と小野寺が座っていて、少し離れたところに更科裕子が座っていた。

愛華にはさすがに聞かせられない話なので、自分の部屋に食事を運ばせた。

彼女も、薄々自分が聞いてはいけない話だと感じているのか素直に従った。今ごろは、食事をつつきながら本でも読んでいるのだろう。

「じゃあ、あの手紙は」

井上が尋ねる。

「嘘さ。そんな手紙は存在しないし、私宛てにも来ていない」

千次はあっさりと答えた。

井上と長田は、改めて顔を見合わせる。

ふと、井上は自分が考えたことを思い出した。『訪問者』に注意せよということは、元々屋敷にいる人間に注目させないためだったのではないかと考えたっけ。あの直感は正しかったのだ。

「僕を雇ったあの女の人は？」

小野寺も尋ねる。

「俺の知り合いだよ。あのギャラ、役に立ったのか立たなかったのか分からんな」

協一郎が、これまたあっさりと答えた。

「これって、約束不履行ってことじゃないの。返してもらいなさいよ」

横から千恵子が意地悪く口を挟む。

「それもそうだな。こんなに早くバレるなんて、契約違反だぜ」

「そ、そんな。困ります。あんな、おっかない、雷の晩に外に立ってた僕の身にもなってくださいよ。僕がここに来なきゃならなかったのは、天災のせいなんですし」

小野寺は泣き声を出した。

「とにかく」

千次がその場を仕切る。

「我々は、とんだ役者を雇ってしまったわけだ。まさか探偵まで務めるとは全くの予想外だったな」

「やっぱり、僕らは意識的に呼ばれたんですね? いや、僕らが来る日を選んだんですね。目撃者作りのために?」

井上が尋ねる。

「それもある。だが、君たちが来る日を選んだ最大の理由は」

千次はそう言って、ちょっと言葉を選んだのち、いいにくそうに答えた。

「――あいつが怖かったからさ」

「怖かった? あいつって、澄子さんのご主人がですか?」

「そう。認めたくはないが、我々はあいつが怖かった」

千衛や千恵子が、神妙な顔で頷く。

千蔵が渋々、というように口を開いた。

「認めたくはないが、幾ら頭数は揃っていても、年寄りは年寄りだ。澄子の旦那は、図体《ずうたい》だけは立派な、粗暴な男でね。あんな奴にもし暴れられたら、たまったもんじゃない」

井上はテーブルの向こう側にいる老人たちを見つめた。そこには、体力の衰えを自覚している男女の姿がある。

「そもそも、最初は、あいつをこらしめてやろう、意見してやろうというつもりだったんだ」

千蔵が続ける。

「澄子がどんなひどい目に遭っているかは、私たちもよく知っていた。このままでは、いつあいつに殺されたって不思議じゃないくらいまでに追い詰められていた。実際、暴力を振るわれないと警察は動いてくれない。だから、澄子が手引きしたようにしてここに呼び寄せ、泥棒しようとしているところをみんなで見咎《みとが》めて、今度こそ改心を迫るか、それが駄目なら訴えてやろうと思ったんだ。犯罪の現場ならば、目撃者はなるべく多いほうがいい。都合がいいことに、今度屋敷にやってくるのは、雑誌の記者とカメラマンだ。もしかしたら、そのまま取材してくれたり、容疑者の写真を撮ってくれるかもしれない」

「それに」と千次が後を繋ぐ。

「週刊誌の記者も、カメラマンという職業も激務だから、きっとそんなに歳のいっていない、屈強な男が来ると思った。もしあいつが逆襲してきたりして、いざとなったら、加勢してもらおうと思った。要するに、君らはボディガード要員として考えられていたのさ」

「ボディガード――」

井上はあぜんとした。

この屋敷に着いた時のことが目に浮かぶ。みんなが、井上と長田を見て嬉しそうな顔をした。大歓迎、という表情だった。あれは、俺たちの年齢と体格を見て「これならボディガードになる」という喜びだったのか――

「あたしは引きとめ係」

千恵子がそこに割り込んだ。

「とにかく、あいつがここに来るまであなたたちにいてもらわなくちゃならなかったんですもの。あなたたちに帰られたらと思うと、必死だったわ。あなたたちが泊まると言い出してくれて、どんなに嬉しかったか」

小躍《こおど》りせんばかりにはしゃいでいた千恵子の姿を思い出す。

あれもまた、別の意味での歓喜だったのだ。

「ところが、やってきた君たちは、これまた予想外の、とんでもない企みを持っていたわけだ」

千次が肩をすくめた。

「それをあなたに見抜かれてしまったわけですね」

井上は、ようやく笑みを浮かべることができた。千次も苦笑する。

「うむ。別の目的があると気付いたからには、こちらの望む目撃者やボディガードになってくれるかどうか分からないからな。一瞬、澄子の旦那とグルだったらどうしようかと思った。だが、あの粗暴な男とグルになるようなタイプには見えなかった。で、聞いてみたら、思いもかけない事情だったたってわけだ」

「昌彦の父親捜し。昌彦の遺書。昌彦の事故」

井上が呟くと、テーブルの上がしんとなった。

「昌彦は、本当に、僕たちのことを疑ってたんだな」

千衛がぼそっと淋しそうに呟いた。

みんなが黙り込む。

『象を撫でる』のシナリオを書く昌彦の姿が見えるようだった。がっちりした背中を丸めて、コツコツとシナリオを書いている昌彦。

彼は疑っていた。自分の父親が誰なのか。誰が、朝霞千沙子を殺したのか。そして、自分も同じ目に遭うのではないかと。

「そんな気持ちのままで死んでしまうなんて。可哀想に」

それまで黙って聞いていた更科が、しんみりと呟いた。それが、みんなの気持ちを代弁しているようである。

「じゃあ、やっぱり、昌彦の父親は」

井上は、全身から力が抜けるような気がした。

「我々の中にはいない。たぶん、小野寺君の推理のように、うちの親父なんだろう。それが一番筋が通る。本当に、我々もその件に関しては知らされていなかったんだ」

千次は、むしろ残念そうに答えた。

「我々の中にいたら、名乗り出たかったたよ」

そう付け加えた彼の口調に、彼が本当に昌彦を可愛がっていたことが窺える。

「そんなわけで、意外な展開を迎えつつも、夜になって、澄ちゃんがやってきたの。一足遅れて、旦那もね」

千恵子が、沈みがちな雰囲気を壊すように口を挟んだ。

「予定通り、姉貴の幽霊も現れ、みんなで外に出る機会を窺うわけだ」

千衛が続ける。

本当に、このきょうだいは、息がぴったり合っている。実は、仲のいいきょうだいなのだと、今更ながらに気付かされた。

「幽霊を出したのは、実は、外に出る口実を作るためだったのさ」

「あいつが家の周りでうろうろしてるところをとっつかまえる目的があったからね」

協一郎が頷いた。

「ところが、あのひどい天気だったから、これまた予想外のことが起きた。あいつは、屋根に登って足を滑らせてしまったんだ。あの死体を見た時は、どうしようかと思ったよ」

老人たちは、一斉に頷き、溜息をついた。

「まさか死ぬとはね」

千蔵が苦々しい口調で呟く。

「だが、逆にこれはチャンスだった。文字通り、目撃者は沢山いるし、あいつが事故で死んだということを証明してもらえる。これで、澄子もあいつから逃れられる。まさにお望み以上の結果になったんだ。あとは、そこにいる若いのの指摘通りさ。なるべく、この件は単なる事故で片付けて、我々が関与していることには気付かせないように努力したわけだ」

「ちょっと待ってください」

そこで長田が口を挟んだ。

「だったら、なぜ澄子さんのご主人だと僕たちに明かしたんですか。明かさなければ、もっと注意を逸らしておけたのに」

井上も、心の中で長田の質問に同意した。

「何度も言うが、私たちは、あいつが死ぬとは思わなかったんだ」

千蔵が低く答えた。

「それに、あの時はまだ、その先のことまで考えていなかったのさ」

千蔵は、そう言うと、意味ありげにきょうだいの顔を見回した。

「その先？　その先とは？」

井上は尋ねた。

不意に、冷たい沈黙が降りた。

それまでの和やかな話が嘘のように、本当に、気温が下がったように思えたくらいだ。

「ここまで話を聞いたんだ。君たちも、腹をくくってもらおう」

千次が冷たい声で言った。

「協力してほしい。迷惑は掛けない。どうしても、協力してもらうしかないんだ。君たちは、澄子の旦那の死体を見てしまったからな」

井上は、再び冷たい恐怖が背中を這《は》い上がってくるのを感じた。

テーブルの向こう側で、皆が揃って同じ目で彼を見ている。

真剣で、重い眼差《まなざ》しだ。これまでに見ていた彼らの表情には見出《みいだ》せない、厳しい目だ。

やはり、彼らは犯罪者なのか？

「一緒に来てもらえるかな。食事中にふさわしくないものだが、見てもらいたいものがある」

千次が立ち上がり、他のきょうだいも次々に席を立った。

井上も、もはや逆らうことはできなかった。

着いたところは、車庫だった。

「こ、ここは」

長田がおどおどして千次の顔を見る。

「そう。澄子の旦那の死体を置いてある」

そうか。長田はその写真を撮ったのだ。だから足を踏み入れるのが嫌なのだろう。

「安心しろ。見せたいのは、澄子の旦那じゃない」

千蔵が励《はげ》ますように言ったが、むしろ不安になってくる。

井上と長田は、及び腰になった。が、老人たちはぞろぞろと車庫に入っていく。

どうしよう、この中で襲われたら。実は、ここにおびき出して俺たちを処分しようというつもりなのでは？　そんな考えが頭を過ぎる。

広い車庫である。タクシー会社の駐車場のようで、五、六台は並べられるスペースがある。古い車が二台置いてあって、あとはがらんとしていた。

手前の隅の床に、青いビニールシートを掛けた、人間の形をしたものがあった。

思わず合掌《がっしょう》するが、老人たちは、それには目もくれず、車庫の奥に進んでいく。

戸惑いつつもついていくと、車庫に隣接した、作業部屋のようなところに入っていった。工具が整然と並べられ、かすかに油の匂いがする。

部屋の中には大きな作業机があり、そこにもビニールシートが掛かった物体が置かれていた。シートを通して伝わる、人間の形。

井上と長田はギョッとして、部屋の入口に立ちすくんだ。

まるで、さっき床にあった死体がこちらに移動してきたような錯覚を感じたのだ。

しかも、よく見ると、頭のほうに線香が供《そな》えられているではないか。

「こ、これは、まさか」

井上は青ざめた顔で老人たちを見る。

老人たちは無表情だった。千蔵が、つかつかと作業机に近寄りビニールシートを剝がす。

「あっ」

そこには、痩せて土気《つちけ》色になった、かなり年配の老人が寝かされていた。

もう、命が尽きているのは明らかである。身を切るような寒さなので、まだ腐臭を感じないのだろう。

「この人は誰なんです？」

恐る恐る尋ねる。

「知らん」

千蔵の答えは、にべもないものである。

「そんな。知らないって」

「本当だ。私たちは、この人の名前を知らないのだ」

「名前を？」

千蔵は頷いた。

「君らが来る前の日だよ、この人が裏の畑で亡くなってるのを見つけたのは」

千蔵は、作業机の上の死体を見下ろしながら呟いた。

「浮浪者というには忍びないな。親父が生きてる頃から、この山に住み着いてたらしい。私たちも、よく見かけたよ。何があったのかは分からないが、記憶を失っている上に、少々精神をやられていたらしい。どうやら、元々林業従事者か何かだったらしくて、山の中で生活するのには全然不自由していなかった。具合が悪そうな時に、何度か家に運び込もうとしたこともあったんだが、室内に入るのをひどく怖がるんだな。無理やり運び込んでも、すぐに逃げ出してしまう。山の中がこの人の家だったんだろう。時々、花や木の実や川魚を運んできてくれたりしてね。おとなしくて、人間嫌いで、ひっそり静かに暮らしていたから、みんなも放っておいたんだ」

みんなでじっと作業机の上の男を見下ろしているのは、奇妙な感じだった。

「でも、見ての通り、かなりの高齢でしょう。身体は丈夫だったけど、この人、あたしたちよりもずっと年上なのよ。心配していたんだけど、最近、姿を現さなくなってね。ところが、ひょっこり現れたの。ひどい熱を出していてね。さすがに一人ではいられなくなったらしくて、うちまで来たのよ。運び込んで介抱《かいほう》したんだけど、なかなか熱が下がらなくて。今度こそ病院を手配しようと思ったら、そういう準備をしていることを本能で察知したのね。たちまち、逃げ出してしまって。あっというまだったわ」

千恵子が乾いた声で呟いた。

「あのまま、うちで寝かせておけばよかった。病院に入れようなんてせずに」

「仕方ないさ。根っからの自然人だったんだ。最後は山に戻りたかったんだよ」

ぼそぼそと千衛と言葉を交わす。

「で、裏の畑で亡くなっているのを、サラさんが見つけたんだ。せめて、弔《とむら》いくらいはしてやろうってことになって、とりあえずここに寝かせておいた」

千蔵が腕をこすった。

ここはひどく寒い。

「どうだね？　ここまで話せば、この先のことが見えてきたんじゃないかな？」

千次が、試すように井上の顔を見た。

「まさか。あの。ひょっとして、この死体と、澄子さんの旦那さんの死体とを――」

そこまで言って、井上は絶句した。

老人たちの考えていることを理解したからだ。

「その通り」

千次は、生徒を誉《ほ》めるように満足げに頷いた。

「澄子の旦那の死体を調べたら、澄子の旦那だということは早晩バレるだろう。そうしたら、彼女が疑われないとも限らない。事故だと言っても信じてもらえない。だったら、ガレージに運び込んだ死体が、本当に、我々が誰も名前を知らない男であればいいんだ。そうは思わないかね?」

千次は、有無を言わさず同意を求める目で井上を見る。

井上はぐっと詰まった。

「どうやら、この人も、足を踏み外して、どこかから落ちたのが致命傷になったらしいんだよ。ずっと熱があったから、ふらふらしていたんだろう。これもまた、偶然だがね」

だがしかし。それは。

いろいろな言葉がぐるぐる頭を回るが、口から出てこない。

「そして、我々は、気の毒な行き倒れの老人を、無縁仏《むえんぼとけ》として葬《ほうむ》ってやるというわけだ。それが罪になると思うかね?」

畳み掛けるようにそう言って、千蔵がじっと井上の顔を見る。

「いや。それは。その」

「何か悪いことをしているかな？　たまたま不慮の死を遂げた二人を、きちんと葬ってあげるだけなのに？　むしろ、素晴らしい人道的行為だと思うがね。感謝されてもいいんじゃないかな」

千次は、今や面白がるように井上に微笑みかけていた。井上のジレンマが、手に取るように分かるのだろう。

「考えさせてください」

井上は、絞り出すようにそう答えるのがやっとだった。


確かに、食事中に見るようなものではなかった。

テーブルに戻った井上たちは、すっかり食欲をなくしていた。

逆に、老人たちは、手の内をさらしてすっきりしたのか、呑気《のんき》にワインなんか開けている。

「まあ、いずれここには警察が来る。同時に、彼らが来るまで、君たちはここから出られない。だから、ゆっくりと考えてくれたまえ」

千次がグラスを掲げながらにやりと笑った。

「ひどい。とんでもないことになった」

思わず井上は顔をしかめる。

千次は、くっくっと意地悪な笑い声を漏らした。

「君らに迷惑は掛からんだろう。君らは、澄子の旦那も、裏の畑で死んでいた風来坊も、どちらも本当に知らなかったんだから。知らない男が二人死んでいた。ただそれだけのことだ。実際、君らは、澄子の旦那の名前も知らないだろ?」

千蔵が、もぐもぐと肉を嚙みながらそう言った。

神経質な男かと思っていたが、なかなかしぶとい、肝《きも》の据《す》わった男だ。

確かにそうなのだ。我々は行きずりの客で、屋根から落ちて死んだ男を見て、行き倒れて死んだ男を見た。どちらも、これまでに会ったこともない、名前も知らない男である。

そして、どちらも事故死だ。澄子の旦那が、誰かに謀殺されたという可能性も、証拠がない。

「あのう」

そこに、久しぶりに間の抜けた声が響いた。

みんながその青年に注目する。

「なんだね。君の役目は終わったよ」

千蔵が、すげない声で小野寺に言った。

小野寺は「はあ」と頭を搔いた。しかし、その表情に、何かを感じたのか、みんなが彼から目を離さない。

「一つお聞きしたいことがあるんです」

小野寺は控えめに尋ねた。

「どうぞ」

千蔵は、木で鼻をくくったような返事をする。

「朝霞千沙子さんの件です。あれは、本当はどういうことだったんでしょう」

あっけらかんと尋ねる小野寺の表情とは裏腹に、テーブルの雰囲気はひんやりとしていた。老人たちが迷惑そうな顔をし、それをあからさまに小野寺に向けているのだが、彼は例によって意に介さないようだ。

「どういうことって——君は、どうしても僕たちが姉貴を殺したことにしたいらしいな。君も、昌彦と同じなんだな」

千衛が、ほのかに怒りを込めて吐き捨てた。

「いえ、そんなつもりじゃありません」

小野寺は慌てて言った。

「そんなつもりじゃなかったら、どんなつもりなんだ」

「僕は、何か別の原因があるような気がするんです。千沙子さんの死には」

小野寺は、熱心な口調でそう言うと、テーブルの向こう側の面々を交互に見ている。

「別の原因って、自殺の原因？　君は、千沙子さんが自殺だったと考えているの？」

思わず井上は彼に尋ねていた。

しかし、小野寺はきっぱりと首を振る。

「いいえ、そういう意味じゃありません」

あまりにきっぱりと否定されたので、面食らう。それは、老人たちも同じだったと見え、皆が意外そうな顔になった。

「じゃあ、なんだ？」

「ここに来てから聞いたことを総合すると、そんな気がするんです」

「もったいぶらずに言いなよ」

痺れを切らしたように、協一郎が不満を漏らした。

「その前に、君には私からも一つ聞いておきたいことがあるんだがね」

おもむろに口を開いたのは、千次である。

小野寺は、きょとんとして千次を見た。

「なんでしょう？」

「もう一度聞く。君があのワゴンでここに着いたのはいつだね？」

「えっ。言ったでしょう、昨日の朝、夜明け前です」

「どうしてそんな嘘をつく？」

「えっ」

千次の思いがけない言葉に、小野寺も、他のみんなも絶句した。

「僕が、嘘をついていると?」

小野寺の口調が真剣になった。これまでに聞いたことのない響きだ。

「うん。君のワゴンのタイヤには、泥がついていなかった」

「泥?」

「そうだ。昨日、まだ暗いうちに雨が降ったんだよ」

「僕が走ってきた時には、もう上がってましたよ。道も乾いてたし」

「そうだろう。雨は上がっていた」

「じゃあ、タイヤに泥がついてないのは当然でしょう」

小野寺の表情に苛立ちが浮かぶ。

千次はちらっとその表情を盗み見た。反応を見ているらしい。

「うちの前の道路、丘を上がってくるだろう。そのふもとが、窪地《くぼち》になっていて、雨が降ると、暫くたってから降った雨水が集まってくるんだ。雨が降り止んでから、池になってぬかるみができるという、特殊な地形なんだよ」

井上は、あっと思った。

そういえば、ここに着いた時、更科がそんなことを言っていたっけ。彼女も、彼の靴の泥を見て、丘を歩いて上がってきたのだと見抜いたのだ。

彼と長田は、不案内な道なのでタクシーで来たけれど、タクシーの運転手が十中八九朝霞家と知り合いだろうと思われたので、車の中での打ち合わせは憚《はばか》られた。だから、少し早めにタクシーを降りて、道々話しながらここにやってきたのである。

小野寺の顔から笑みが消え、今では青ざめていた。

「つまり、君が来たのはもっと前じゃないか？　恐らくは、おとといの晩辺り。そんなに早く来て、何をしていたのか？　きっと、この屋敷をこっそり調べていたんじゃないのかな」

千次の声が厳しくなった。

「君は、本当は何者なんだ？　雇ったのは我々だが、我々は君が何者なのかを知らない」

「俺だって、知らないよ」

協一郎が慌てた声を出した。小野寺に今回の芝居を頼むことを世話したことを咎められるかと思ったのだろう。

小野寺は、じっと目を見開いて千次の顔を見つめていたが、やがて、あきらめたように溜息をついた。

「僕はただの売れない役者ですよ。顔を知られていないから、プライベート・アクターを務めることもできるくらいの」

「ほう。そんな君が、なぜわざわざここを調べていた?」

「プライベート・アクターを務めていると、用心深くなるんですよ。どんなことに自分が巻き込まれているのか、できることなら頭に入れておきたい。もっと言えば、相手の弱みを握っていれば、ポイ捨てされることもない。だから、いろいろ保険を掛けることにしているんです。なにしろ、こっちは身体を張っているんですからね。それくらいはいいでしょう」

「一理あるが、鵜呑みにはできないね」

「分かりました。僕の正体はさておき——だからと言って、僕に何か暴露すべき正体があるというわけじゃないですが——一つ分かったことがあるんで、それを聞いていただけますか?」

「話を逸らすのかい?」

「いえ。今のあなたの話を聞いて、ひらめいたんですよ」

「私の話を?」

「ええ。ワゴンの泥の話からね」

自信ありげに頷く小野寺の顔を見て、千次も興味を感じたらしかった。それまでは、小野寺を追及しようと身構えていた他のきょうだいたちも、好奇心を覗かせている。

もちろん、井上も。

「お聞かせ願いたいね。君の探偵としての能力は買っているからな」

千次はグラスをテーブルに置いた。

「これからお話しするのは、朝霞千沙子さんの死の真相です」

おもむろに呟いた小野寺の顔を、みんながまじまじと見つめた。

「なんだって？」

みんなを代表して千蔵が尋ねた。

「だから、朝霞千沙子さんがどうして亡くなったのか」

小野寺は、訝しげな顔になる。自分のほうが、よっぽど胡散臭い話をしているということに気が付かないらしい。

「本気で言っているのか」

千蔵は、半ば怒りながら叫んだ。しかし、小野寺は動じない。

「よせよ、聞いてみよう」

千次が千蔵を制したので、千蔵は口をつぐみ、椅子の背にもたれかかった。

「よろしいですか？」

小野寺がテーブルを囲む人々を見回し、みんなが先を待っているのを確かめてから話し始めた。

「確かに、ここにはお宝が埋まっているんです。この辺り一帯に」

「ええっ」

再びみんなが口々に声を上げる。

「お宝って——あんた、それを見つけたのかい？」

「やっぱり、湖で？」

「いつのまに。そうか、早く来て、それを探してたんだな」

「まあまあ、続きを聞いてください」

一斉に喋りだす老人たちを宥め、小野寺は話を続けた。

「先代はそのことに気付いていたんでしょうね。だけど、彼はそのお宝が災《わざわ》いになることも知っていた。だから、ここを売りたくなかったんですよ」

みんな、心なしか目をギラギラさせて小野寺に注目している。

彼らがずっと探し求めていた宝を、たった二日滞在しただけの若造が見つけ出したというのだから、無理もない。

「焦《じ》らすなよ。そのお宝ってのは、ズバリなんなんだい？」

協一郎がじれったそうに言った。千恵子が何度も頷く。

「温泉ですよ」

小野寺は、あっさりと答えた。

「温泉？」

みんなが口を揃えて叫ぶ。

「はい。かなり深いんでしょうけど、掘れば絶対に温泉が出ると思います」

小野寺は、自信たっぷりである。

老人たちは、興奮して顔を見合わせる。

「大自然の中の温泉郷。うん、ここならまさに、温泉郷と言えるだけのじゅうぶんな自然が残されてる」

「切り売りしないほうがいいって、親父は見抜いてたんだ」

「今時、これだけまとまった土地で、手付かずの自然が残ってるなんざ珍しいからな」

唾を飛ばして喋る人々を、小野寺は再び「まあまあ」と宥めて静かにさせる。

「確かに、温泉は素敵です。僕も大好きです。だけど、温泉ということは、平たく言えば、火山活動が地下で行われているということです。日本列島、どこでもそうなんですけどね。そして、火山活動は、ありがたくないものも産み出してしまう」

「ありがたくないもの。地震だろ」

千衛が答える。小野寺は頷く。

「それもあります。でも、他にもあるでしょう。直接人体に悪影響を与えるものが」

「人体に悪影響――」

「火山ガスです。よく観光地で、もうもうと湯気が立っていて、近寄るなと看板が立っているところがあるでしょう。ああいうところは、猛毒の火山性ガスが発生しているんです」

「まさか」

老人たちは静かになった。

「そうです。この辺りには、その噴《ふ》き出し口がどこかにあるんです。例えば、あの湖」

小野寺は、さりげなく視線を湖の方向にやった。

つられたように、みんなも湖の方に目をやる。

「きっと、いつも発生しているわけではないのでしょう。季節によるとか、何年に一度とか、そういう頻度《ひんど》なのかもしれません。雪解《ゆきど》け水で地下の水位が変わった時だけ噴き出す温泉があるという話も聞いたことがあります。だけど、あの湖には魚も、生物もいない。水底《みなそこ》から、何か有害物質が湧き出ていると考えても不自然ではないと思います」

火山の跡地のカルデラ湖には、なかなか魚が棲《す》み着かないという話を聞いたことがある。水の中に、植物性プランクトンがほとんどいないからだという。

「僕は想像しました」

小野寺は、静かに言った。

「例えば、風のない静かな午後。あの湖に、一人でボートに乗っていたとします。その時、水底からガスが静かに噴き出していたら。窪地になっていて、周囲よりも低くなっているあの場所では、徐々にガスの濃度が高まっていくはずです。音もありませんし、目にも見えない。だから、そのボートに乗っていた人は、気分が悪くなっても、それが何のせいかは分からないでしょう」

「じゃあ、チサちゃんは」

千恵子が悲鳴のように叫んだ。

「気分が悪くなって、ボートから落ちたのね」

老人たちはざわめいた。

「最近、どこか北のほうの温泉でもあったよな。窪地にガスがたまって、温泉客が亡くなった。たまたま大雪で、雪が周りに積もってたから、余計にガスの逃げ場所がなかったって話だった」

千次が、くいいるように小野寺を見つめている。

「じゃあ、愛華ちゃんが見たという黒いカエルは」

井上は澄子を見た。その光景が目に浮かぶ。

ボートの中で膝をつき、悪感《おかん》に耐える大柄な女。

「膝をついて——手をついていたのね」

澄子がぼそっと呟いた。

「彼女は岸に戻ろうとしますが、もうかなり意識は朦朧《もうろう》としていた。そして、立ち上がろうとしてバランスを崩す」

しーんと辺りが静まり返った。

それぞれが、千沙子の最期を想像しているに違いない。

「先代は、この地域に、そういうガスや瘴気《しょうき》のようなものが発生していることに気付いていたんじゃないかと思います。だから、開発して人が住むことは避けたほうがいいと考えていたんでしょう。けれど、科学的根拠があったわけではなかった。この土地がよくないと言っても、子供たちは気のせいだと言ってそれを売ってしまうでしょう。だから、一計を案じて、ここにはお宝があると言い換えたんです。そうすれば、その宝が何か判明するまで、皆さんは決してここを売らないでしょう。皆さんの欲を掻き立てて、売らせないようにしたんだと思います」

「うーん」

「確かに」

小野寺の説明に、唸り声が漏れる。

「じゃあ、昌彦さんの事故は？」

澄子が切実な声で尋ねた。

小野寺は、ちらっと彼女の顔を見る。

「たぶん、同じような原因じゃないかと思います」

「千沙子さんと？」

「はい」

「監督が、このことを知っていたかどうかは分かりません。たぶん、彼は、千沙子さんが共謀されて殺されたと考えていたようですから。漠然とした疑いではあったけれど、この湖で何かトリックを弄《ろう》されていたのではないかと疑っていたんだと思います。だから、彼もここに向かった。そして、実際、ここに来て、暫く辺りをうろうろと歩き回っていたのではないでしょうか。千沙子さんの死のヒントを求めて」

井上はゾッとした。

死の湖。静かな朝の湖の周りを、足音を立てぬようにそっと歩いている昌彦。

千沙子の最期を想像しながら、何十分も、ぐるぐると同じところを歩き回っている昌彦。

「そして、運悪く、彼もまた、地理的条件、気候的条件が重なった時にここに長時間滞在していたんです」

ふらつく昌彦。

どうしたのか。長時間の運転で疲れていたのか。涼しくて、風邪を引きかけているのか。

彼は、そう考えて車に引き揚げる。

「車に引き揚げた時には、まだそんなに具合が悪くなかったのかもしれません。しかし、徐々に気分が悪くなる。見通しの悪い、うねうねと曲がる坂道です。カーブのせいで、余計に気分が悪くなったのかもしれません。そして、とうとう、ハンドルを切り損《そこ》ねて」

クラッシュ。

衝撃、次に来る静寂。プスプスと煙を上げる、ひしゃげた車体。ハンドルの上に突っ伏している男。

みんなが黙り込み、昌彦の最期を想像していた。

そして、彼の冥福《めいふく》を祈っている。

誰からともなく、深い溜息が漏れた。鎮魂と安息の入り交じった溜息だった。

ラーメンをたいらげ、顔を上気させた警官が帰っていく。

全員が事情聴取を受けたあとで、とうとう千恵子が警官たちにラーメンをふるまうことに成功したのである。

車庫にあった名の知れぬ男の死体も運び出され、パトカーと救急車がゆっくりと坂道を下りていくのが見えた。

「行っちゃったわ」

愛華が窓の外を眺めてつまらなそうに呟いた。

「行った行った」

「意外とあっさりしたもんだったな」

老人たちも、窓辺に集まり、引き揚げていく警察の車両を眺めている。

みんなが伸びをして、椅子に腰を下ろした。

「コーヒー淹れましょうね」

更科がキッチンに歩いていく。

「ああ、頼むよ。さすがに緊張して肩が凝った」

千蔵が疲れた顔で肩を回している。

「家の中を捜されたらどうしようかと思った」

「令状がないんだから無理だよ」

澄子の夫の遺体をどこに隠すかで、彼らは悩んだ。結局、食料庫の奥の、ワインクーラーに隠したのだが、家の中に今にもどやどやと捜査員が踏み込んでくるのではないかと内心気が気ではなかったのだ。

コーヒーを飲み、全員の間に、一仕事終えたという安堵と共感が漂う。

「僕たちは、これで失礼します」

コーヒーを飲み終えた時、井上は改まった口調で頭を下げた。警察も去り、道路が開通した今、井上と長田は、小野寺のワゴンに便乗して帰ることにしていたのだ。

老人たちの間に、一瞬淋しそうな表情が浮かんだと思ったのは気のせいだろうか。

「二人の男が死んでいるのを見ましたけど、僕たちには関係ありません」

井上と長田は頷き合った。

「ありがとう」

千蔵が、深々と頭を下げたので、井上は驚いた。

あの彼が、こうも素直に頭を下げるとは。

「もっとも、何か漏らしたら、俺たちはあんたらを身分詐称《さしょう》、不法侵入で訴えてやるからな」

頭を上げた千蔵がそう言ってにやっと笑ったので、みんなの間にも笑いが漏れた。

「それじゃあ、著作権は、朝霞大治郎に行き、それから皆さんが相続するということでよろしいですね」

「いや」

井上が立ち上がろうとすると、千次が鋭い声でとどめた。

「それは、君が継いでくれ。ゆうべ話し合って決めたんだ。我々が受け取る資格はない。昌彦のために、危険を顧《かえり》みずにここにやってきてくれた君が継ぐのが一番いいよ。昌彦も異論はないと思う」

「でも」

井上が反論しようとすると、千次の目が、他のきょうだいの目が、それをとどめた。

さすがに、それ以上抵抗することはできなかった。

「分かりました。では、私が。父親はとうとう見つからず、時間切れだったということで」

「それでいい」

千次が頷き、みんなも頷いた。

長田も穏やかな表情で立っている。

誰も、何も言わずに、玄関に見送りに来た。

「無縁仏は、きちんと弔います」

澄子が井上に向かって言った。

愛華もじっと井上を見上げている。

「それがいい。そうしてやってください」

愛華の目が自分を見上げているのを見ると、井上は複雑な気分になった。

この子は昌彦の子供なのだろうか。今ではもう分からないし、調べる気もなかった。これからは、二人で地道に生きていくのだろう。

手を振って、車に向かって歩いていく三人を見ていた千次が、小走りに駆け寄ってきて、小野寺に何か耳打ちした。

小野寺は、驚いたように千次を見て、それから苦笑して頷いた。

千次もにやっと笑って、三人に手を振り、引き返していく。

ワゴンに乗り込み、坂道を下り始める。

家が見えなくなる瞬間まで、住人たちは手を振っていた。


「さっき、何を言われたんだい、千次さんに」

井上は、気になっていたことを尋ねた。

車はのろのろ運転だった。まだあちこちで工事しているし、作業員が立っているので、徐行運転せざるを得ない。

「ああ。あの人は凄いですね。やっぱバレてたか」

小野寺は、運転席で肩をすくめた。

「何が?」

「『玄関に象を置いたのは君だろう』って」

「えっ」

井上は耳を疑った。

「まさか、本当に、あれは君が置いたの？」

「そうです」

小野寺はあっさりと認めた。

井上と長田は愕然とする。

「だって、あの象は、昌彦のお棺に入れたって、澄子さんだって言ってたよ」

「そうです。本物は、監督と一緒に焼かれました。玄関に置いたのは、レプリカですよ。僕が作ったんです」

井上は混乱した。


この男が、あの象を。


不意に背筋が寒くなる。

端整な、無邪気な目をした青年の横顔。それが、とてつもなく不気味なものに見えてくる。いったいどこまでが本当で、どこが嘘だったのだろう。

「君は、昌彦を知っていたんだね？」

「ええ」

恐る恐る尋ねると、これまたあっけらかんとした返事が戻ってくる。

「だって、最初に、僕が朝霞千沙子さんに似ているのを発見したのは、監督なんですよ」

「なんだって？」

井上は大声を上げずにはいられなかった。改めて、小野寺の横顔を見る。

「たまたま、監督が僕の出ている舞台を見ていたんです。映画に使う役者を捜していたんですよ、彼は。監督は僕に会いに来て、君は僕が大変世話になった、僕がとても尊敬している女の人にとても似ている。そう言っていました。それから、メールのやりとりをするようになって、僕も監督と朝霞家に興味を持つようになったんです」


大変世話になった。とても尊敬している。


井上は、その言葉に救いのようなものを感じた。

昌彦は、千沙子を慕《した》っていたのだ。だから、彼女の死因にも興味を持ったのだ。

「監督の子供の頃の話を聞いて、あの象も見せてもらいました。僕、小道具も担当してたんで、手先は器用なんです。真似して作ったら、そっくりだって誉めてもらいました」

「じゃあ、ひょっとして、君も」

井上は、ためらいがちにきいた。

小野寺も、この時ばかりはちょっと返事をためらい、喉の奥でくぐもった声を出した。

「ええ。僕も、監督を殺した人を突き止めたかったんです」

横顔が硬い。

「そうだったのか」

井上は、ほうっと肩の力が抜けるのを感じた。

「業界づてに、朝霞千沙子に雰囲気の似ている人を捜していると聞いた時、これはチャンスだと思いました。絶対に選ばれるはずだと思ったんです」

「なるほどね。それで、ここに入り込んだんだ」

「ええ。絶対突き止めてやろうと思った。崖崩れにならなければ、タイヤの空気を抜いてでもあの家に入ってやるつもりだったんです」

その口調に、ただならぬ決心を感じて、井上は黙り込む。彼もまた、昌彦を尊敬していたのだ。

バックミラーの中で、長田が目をこするのが見えた。

小野寺は、明るい声を出した。

「僕、なんだか気になることがあるんですけど」

「なんだい?」

「あの、名無しの老人のことです」

「警察に運ばれていってしまった方だね。それが何か?」

「本当に、たまたま僕たちがあそこを訪れる前日に亡くなったんでしょうか」

ひやりとする。

「何を言いたい?」

「いえね、逆もできるなあと思って。ここに、もうじき死にそうな老人がいて、その存在を知る人はこの世にいない。彼らは、その老人が死ぬ日を管理することができる。もう一人、この世から亡き者にしたい人物がいる。その人物が来る日と、それを目撃する人が来る日を設定して、その日の直前にその老人が死ぬようにする。それも可能なんじゃないですか?」

「やめてくれ、もう何も考えたくない」

井上は、思わず声を荒らげていた。

「妄想ですよ。忘れてください」

小野寺は、それ以上何も言わなかった。

じっと車窓の風景が移り変わるのを見つめている。

何が起きたのか。何が本当だったのか。それはもう分からない。知りたくもない。

「——訪問者に気を付けろ、か」

突然、長田がそう呟いたので、井上と小野寺はびくっとした。

彼の声を聞くのは久しぶりのような気がする。

「言いえて妙ですね。逆に、あれは僕たちに対する警告だったのかもしれない。『訪問者に気を付けろ』ではなくて、訪問者に、『うちに来る時は気を付けろ』、と。千次さんなりの、僕たちに向けた皮肉だったのかも」

「そうかもな」

「そうですね」

井上と小野寺は同時にそう答え、ちらっと視線を交わして苦笑いをした。

車の中が静かになり、徐行しつつも少しずつ山を下りていく。屋敷はもう遥か後方に遠のいた。

寒々とした針葉樹林がえんえんと続く。

三人は退屈な風景を目にしながら、ここ数日間に起きたことについて考えていた。

どちらが訪問者だったのか。どちらがどちらを訪れたのか。


これからどこに行く?

彼らは帰っていく。日常と言われる場所へ、彼らの収まるべき場所へ。

誰もが待つことしかできない。

見知らぬ誰かはいつも不意に訪れる。予期せぬ形で、思いもよらぬ時刻に。ある日突然、訪問者を告げるベルが鳴る。彼らは何気なく立ち上がり、廊下の先のドアを開けるために歩いていく。彼らを待ちうける次の運命に出会うために。

（この作品『訪問者』は、平成二十一年五月、小社から四六判で刊行されたものです）

・初出誌　月刊『小説ＮＯＮ』（祥伝社刊）

第一幕　せいめいのれきし　平成十四年　一月号
第二幕　ももいろのきりん　平成十四年　五月号
第三幕　ちいさいおうち　平成十四年　九月号
第四幕　かわいそうなぞう　平成十五年　一月号
第五幕　ふるやのもり　平成十五年　五月号・九月号
終幕　おおきなかぶ　平成十六年　一月号

本書の刊行に際しては、雑誌掲載時の作品に加筆・訂正が加えられました。

文庫あとがき

『訪問者』というタイトルには、子供の頃からいろいろな物語のイメージを感じていた。

まず思い出すのは、TVのゴールデン洋画劇場でよく放映されていた映画、『雨の訪問者』である。チャールズ・ブロンソンが出てくるサスペンスもので、ロマンチックなテーマ曲が有名。先日、BSで放映されていたので久しぶりに見てみたら、かつてはブロンソンしか印象になかったけれど、実は「娘をいつまでも自分のもののように縛《しば》り付けておきたい母親から自立するヒロインの話」だったのが意外だった。

次に、萩尾望都《はぎおもと》の『トーマの心臓』の続編——といっても、主要キャラクターの一人、オスカーの前日譚《ぜんじつたん》なので、時系列的には過去——のタイトルがずばり『訪問者』だった。

雪の上を歩いてくる神様の話や、「家の中のこどもになりたかった」というオスカーの台詞《せりふ》が泣けましたね。

『ぐりとぐらのおきゃくさま』という絵本もありました。冬のある日、ぐりとぐらが留守にしていたあいだに誰か不思議なお客様が来ていて、果たしてその正体は、という話にわくわくした。

最近では、プリーストリーの戯曲『夜の来訪者』が面白かった。舞台を日本に置き換《か》えた設定で久しぶりに上演されたのも観《み》たし、岩波文庫に新たに入ったので読んでみたら、堂々たる本格ミステリだったのでびっくりした。


奇妙なお客、招かれざる客。

呼び鈴を押してやってくる見知らぬ他者。彼らは過去を連れてくる。企《たくら》みを持ってやってくる。彼らの登場は、息詰まる心理ドラマの幕開けである。

そんなイメージを、ずっと「訪問者」という言葉に抱《いだ》いていたのだ。


また、お気づきの方もいらっしゃると思うが、この小説の各章は、ほぼ同じ文章で始まっている。

「来客を告げるベルが鳴った。」

これは、こちらもまたお気づきの方もいらっしゃるだろうが、すべての収録短編が、

「ノックの音がした。」

で始まる星新一《ほししんいち》の本、『ノックの音が』を念頭に置いている。

当然、全部が「訪問者」の話である。

『ノックの音が』は、私が彼の作品の中でいちばん気に入っている短編集で、特に最後の「人形」を初めて読んだ時の強烈なインパクトは今でもよく覚えている。

ついでに、各章のタイトルは、子供の頃に親しんだ絵本からいただいていることは言うまでもない。


そんなこんなで、『訪問者』というタイトルのこのミステリには、いろいろなものを詰めこもうともくろんでいたが、やはり読んでいる時は最高に楽しいのに、書いていると最高につらいのが本格ミステリというものである（いや、完璧なプロットと素晴らしいアイデアがあるのであれば、あるいは書くのも楽しいのかもしれないのだが、私の場合、そんな体験はこれまでにない）。

いわゆる「嵐の山荘」、「クローズド・サークル」、「記憶の中の殺人」、「各章の出だしは同じ文章だが、毎回先の読めない展開」などという夢のような目標を立てたため、非常に苦しむ羽目《はめ》になった。連載中、あまりに悩み、展開に迷ったため、自分でも先が読めなかった。本になってからも、読み返すたび「あれ、これラストどうしたんだっけ？」と毎回疑問に思うほど、結末を決められずに書いていたという印象しかないのである——って、こんなことをあとがきで書いてよいのか分からないけど。

ともあれ、貴方《あなた》にも「これ、いったいどうなるんだろう?」と思いながら、ひととき楽しんでいただけたら嬉《うれ》しいです。

二〇一二年三月

恩田　陸

訪問者

一〇〇字書評

切り取り線

購買動機（新聞、雑誌名を記入するか、あるいは○をつけてください）

□（　　　　　　　　）の広告を見て	
□（　　　　　　　　）の書評を見て	
□ 知人のすすめで	□ タイトルに惹かれて
□ カバーが良かったから	□ 内容が面白そうだから
□ 好きな作家だから	□ 好きな分野の本だから

・最近、最も感銘を受けた作品名をお書き下さい

・あなたのお好きな作家名をお書き下さい

・その他、ご要望がありましたらお書き下さい

住所	〒				
氏名		職業		年齢	
Eメール	※携帯には配信できません	新刊情報等のメール配信を 希望する・しない			

この本の感想を、編集部までお寄せいただけたらありがたく存じます。今後の企画の参考にさせていただきます。Eメールでも結構です。

いただいた「一〇〇字書評」は、新聞・雑誌等に紹介させていただくことがあります。その場合はお礼として特製図書カードを差し上げます。

前ページの原稿用紙に書評をお書きの上、切り取り、左記までお送り下さい。宛先の住所は不要です。

なお、ご記入いただいたお名前、ご住所等は、書評紹介の事前了解、謝礼のお届けのためだけに利用し、そのほかの目的のために利用することはありません。

〒一〇一・八七〇一
祥伝社文庫編集長　坂口芳和
電話　〇三（三二六五）二〇八〇

祥伝社ホームページの「ブックレビュー」からも、書き込めます。

http://www.shodensha.co.jp/bookreview/

祥伝社文庫

訪問者《ほうもんしゃ》

平成24年4月20日　初版第1刷発行
令和元年10月10日　第2刷発行

著　者　恩田《おんだ》陸《りく》

発行者　辻　浩明

発行所　祥伝社《しょうでんしゃ》
東京都千代田区神田神保町3-3
〒101-8701
電話　03（3265）2081（販売部）
電話　03（3265）2080（編集部）
電話　03（3265）3622（業務部）
http://www.shodensha.co.jp/

印刷所　萩原印刷
製本所　ナショナル製本
カバーフォーマットデザイン　芥陽子

Printed in Japan ©2012, Riku Onda ISBN978-4-396-33750-6 C0193

祥伝社文庫の好評既刊

恩田陸　不安な童話

「あなたは母の生まれ変わり」――変死した天才画家の遺子から告げられた万由子。直後、彼女に奇妙な事件が。

恩田陸　puzzle〈パズル〉

無機質な廃墟の島で見つかった、奇妙な遺体！　事故？　殺人？　二人の検事が謎に挑む驚愕のミステリー。

恩田陸　象と耳鳴り

上品な婦人が唐突に語り始めた、象による殺人事件。彼女が少女時代に英国で遭遇したという奇怪な話の真相は？

法月綸太郎　一《いち》の悲劇

誤認誘拐事件が発生。身代金授受に失敗し、骸《むくろ》となった少年が発見された。鬼畜の仕業は……誰が、なぜ？

法月綸太郎　二の悲劇

自殺か？　他殺か？　作家にして探偵の法月綸太郎に出馬要請！　失われた日記に記された愛と殺意の構図とは？

法月綸太郎　しらみつぶしの時計

交換殺人を提案された夫が、堕《お》ちた罠――（「ダブル・プレイ」）他、著者の魅力満載のコレクション。